a bunko
カッコイイ女
a bunko
JN082528
Ayumu & Saijyou
「君と過ごす春夏秋冬 不浄の回廊番外編集」
今日は西条くんのため
トマトクリームパスタを作っ

君と過ごす春夏秋冬

不浄の回廊番外編集

夜光　花

キャラ文庫

この作品はフィクションです。
実在の人物・団体・事件などにはいっさい関係ありません。

contents

Sweet Home ―― 005

わがままだけど愛してる ―― 011

愛情ダイエット ―― 021

海に行こうよ ―― 031

どこにいても、君と ―― 043

キミと見る永遠 ―― 089

きみといつまでも ―― 207

別れの挨拶は短めに ―― 245

あとがき ―― 268

口絵・本文イラスト／小山田あみ

Sweet Home

西条と紆余曲折を経て特別な関係になって、とうとう同居することになった。夢にまで見た西条との同居は、歩にとってドキドキとわくわくが詰まったものだ。場所は駅近くの小綺麗なマンション。歩のバイト代ではとても払えないような賃貸料だが、その辺は西条に任せてあるので安心だ。新しい部屋は白くて綺麗で夢が広がる。

「っていうか、これって同棲だよね？」

浮かれて余計な言葉を口にしたら、丸めた新聞紙でぽこりと頭を殴られた。

「童貞が生意気言ってんじゃねぇ」

西条にじろりと睨まれて、段ボール箱から取り出した食器を渡される。あいかわらず西条は口が悪くて、意地悪だ。

「そ、そんなこと言ってー。俺は西条君といる限り一生童貞のまんまじゃん…」

西条とは何度も濃密な夜を過ごしたが、言われてみると歩はまだ童貞かもしれない。まさかこの西条がやらせてくれるわけもないし、歩のほうだってOKが出てもきっと躊躇する。

「そうだな。お前は一生童貞でいろ。どうしてもしたくなったら、こんにゃくにでも突っ込んどけ。な？」

「ひ、ひどっ。こんにゃくって何？　た、食べ物をそんな扱いしたらいけないよ！」

あやうく渡された皿を落っことすところだった。西条は時々とんでもないことを言うので、歩はついていくのがやっとだ。

とはいえ、そんな会話の中にも『一生』、という言葉が何気なく含まれていて歩を喜ばせる。以前は将来など夢見なかった西条が、最近は素で未来を視野に入れた言葉を口にするようになった。それが嬉しくてこそばゆい。西条は気づいていないようだが、甘い雰囲気が二人の間には漂っている。

「それにしても、荷物少ねーな…。俺も少ねーけど、お前も引っ越したばっかりだしな。お前の親父さんに出してもらった軽トラで足りちまったし…」

持ってきた食器を食器棚に詰め込むと、ほとんど引っ越し作業が完了してしまった。もともと歩も引っ越したばかりで、荷物があまりない。２ＬＤＫの新居はまだ物が少なくてがらんとしたイメージだ。

「ところで宅配便はどこだ？」

部屋を見渡して西条が呟く。

「もう、西条君。宅配便って呼ぶのやめてよ！　あの子が名前を勘違いしたら困るじゃん！」

西条が宅配便と呼んでいるのは、瀕死の状態を助けた黒猫のことだ。名前を考えようとした時、クロでいいじゃんと西条に言われたのだが、歩にとってクロは実家で飼っている愛犬の名前だ。そう反対したら、じゃあ宅配便でいいよとにこやかに告げられた。

「いくら何でも猫の名前が宅配便とか、ありえないんですけど！」

「馬鹿だな、お前。今時は個性の時代だ。だいたいクロって名前に反対したのはお前だろ。いいじゃん、宅配便。硬派っぽい」

「硬派ってあの子メスですけど！」

くだらない言い合いを続けていたが、黒猫が見つからないのは問題だ。そういえば軽トラックから降りて家の中に入れた後から、姿を見ていない。猫は家に居着くというし、もしかしたら新居になじめず出て行ってしまったのだろうか。

「宅配便、どこだー」

すっかり名前を決めてしまった西条が、あちこちの部屋を見回って声をかける。一緒になって探したが、どこにもいない。人見知りの激しい猫だから、出て行ったら戻ってきてくれるかどうか心配だ。

「いねーな…。ま、そのうち帰ってくるだろ」

西条は早々に探すのをあきらめて、ベッドに寝転がる。しょぼくれて歩がベッドの縁に座り込むと、腕を引っ張ってきた。

「馬鹿、そんな顔するなって。お前ってホント情が厚くて大変だな。俺が出て行ってもそんな顔するのか？」

「何言ってるの。西条君が出て行ったら…」

想像しただけで悲しくなってきて、情けない顔をしてしまった。とたんに西条が嬉しそうに笑って抱きしめてくる。

「大丈夫だ。出て行きたくなったら、お前追い出すから」

「もう…」

呆(あき)れて文句を言おうとしたら、唇をふさがれた。西条は上機嫌で歩を身体(からだ)の下に引き込んで、キスを降らしてくる。

「宅配便はそのうち帰ってくるだろ」

西条の囁(ささや)きが耳に届いた時、ふと下のほうからにゃあと声が聞こえてきた。ベッドの下を覗(のぞ)くと黒猫が暗闇にうずくまっている。

「……間をとって、タクでどうだ？」

西条の呼び声にタクが再び鳴き声を発して、そろそろと顔を出した。見つかって嬉しい半面、変な名前がついてしまって呆然(ぼうぜん)だ。

「タクちゃん、ごめんね。これからよろしく」

タクは不思議そうな顔で首をかしげた。

わがままだけど愛してる

食卓に並んだご馳走を前にして、西条希一が目を輝かせた。

「すっげぇ、これお前が握ったのかよ。職人みたいだな、何かあったのか？」

着ていた背広を脱ぎながら西条が明るい声で告げる。天野歩は胸を張り、西条のためによそった汁物を置いた。西条が喜ぶ顔を見たくて作ったのだから、帰宅するなり西条が顔をほころばせたのは歩にとって最大の悦びだった。

食卓には三時間くらい前から握った寿司が皿を彩っている。ちらし寿司でもよかったのだが、昨日西条が「寿司食いに行きてーな」と言っていたので寿司を握ってみた。まぐろやサーモン、イカにタコ、海老やうになども上手く握れたが、今日一番の出来栄えは太巻きだ。

「西条君、これが今日一番のお勧めだよ」

ネクタイを弛めて椅子に腰を下ろした西条に、太巻きを勧めてみる。西条は箸を手に取り、素直に太巻きを口にしてくれた。西条の頬が弛む。

「うっわ、何これ、すっげー美味い。超美味い。アボカド最高」

絶賛しながら西条が食べている太巻きには、まぐろとアボカド、それからたくあんが入っている。まぐろとアボカドは最高の組み合わせだし、そこにたくあんが入るとシャキシャキとした歯ざわりで絶妙のブレンドだ。以前食べた時にあまりに美味しかったので覚えていた組み合わせだ。

「お前、絶対道間違えたよな。料理研究家にでもなってたら今頃テレビ番組でこれ紹介してたぜ」

西条は猛烈な勢いで寿司を頰張っている。カリフォルニアロールなど、どこでも紹介されていると思うが、西条の機嫌がいいので黙っておいた。

「西条君、今日は特別な日なんだよ！　ちゃんと分かってる？」

西条が美味しそうに食べるのを見ているのは嬉しいが、今日が何の日かちっとも分かっていないようだ。歩は汁物をすすり、向かい合った西条に声をかけた。西条は特別な日と聞かされ面食らったように箸を止めたが、すぐに首を振って小皿にまぐろを取り寄せた。

「ぜんぜん、分かんね。」

「もー、何で分かんないの？　俺が覚えられるのはお前の誕生日までだ」

「もー、何で分かんないの？　俺たちが一緒に暮らし始めた記念の日でしょ！」

歩が身を乗り出して叫ぶと、西条がぶっと噴き出した。

「分かるわけねーだろ！　つうか、まだ半年しか経ってないのに、記念日とかアホか？　お前の発想はいつもキモイ。せめて一年してから記念日とか言えよ！」

西条から反対に怒鳴られ、歩はショックを受けて固まった。さすがに三カ月目で記念日と言ったら怒るかもしれないと思って半年待ってみたのに、それすらアホだと言われてしまった。

中学生の頃から好きだった西条と、紆余曲折を経て同棲するまでに至った。２ＬＤＫのマンションの家賃は西条に負担してもらっているので、歩はそれ以外の仕事を受け持っている。幸せすぎて怖いくらいの日々だ。

「だ、だって俺たち半年ももったなんてすごくない…？」

しゅんとしてうなだれると、西条は呆れた顔で寿司をぱくついている。

「すごくねーよ、別に特に問題もなかっただろ。喧嘩の一つもねーし、順風満帆。お前の飯は美味いし、エッチは楽しいし、そのアホなところも嫌いじゃねーよ」

さらりと告げたあとに西条が目を細めて笑った。整った顔の西条が笑うと歩は胸がドキドキしてしまう。一緒に暮らして十分見慣れているはずなのに、うっとりするほどの笑顔まで見せられて心が浮き立つ。

「で、でも問題はあったよ。ほらこの前だって…」

西条は喧嘩の一つもないと言うが、ささいな諍いならいろいろあった。先月西条と外にでかけ、帰り道の牛丼屋で食事をした時のことだ。

「一緒に牛丼屋さんで食べてたら、西条君先に帰っちゃったじゃない」

西条は食べるのが早く、歩は遅い。当然ながら待ちくたびれた西条が「俺、先帰るわ」と言ってさっさと帰ってしまったのだ。

「お前が食うの遅ぇからだろ。どっちみち同じ家に帰るんだし、いいじゃねーか」

「俺は一緒に食べたいの！」

「じゃあ、もっと早く噛め。高速で噛め。むしろ飲み込め」

西条に呆れる発言をされ、歩は箸を握りしめて絶句した。どうして西条は人に合わせるということをしないのか。確かに歩は平均的な人より食べる時間が遅いかもしれないが、そこは愛でカバーしてほしい。第一ゆっくり食べたほうが健康にいいはずだ。

「もういいよ、それじゃ今度行く時は、西条君の分は二十分遅く持ってくるよう店員さんに頼んでみるから」

歩が懸命に頭を使ってひらめいた素晴らしい方法を告げてみると、予想に反して「はぁ!?」と西条が眉間にしわを寄せてきた。

「お前、俺にお前が食ってる間、指をくわえて眺めてろって言うのか? 何てひどい奴だ、それだったらお前が俺より二十分早く店に行って先に食ってりゃいいだろ」

「俺は西条君と一緒にいたいのに、そんなの寂しすぎるじゃん!」

西条君こそひどい、と目を潤ませて睨みつけると、西条が急に黙り込み、頭を抱えた。西条の身体からげんなりしている様子が伝わってきて、歩は心配になった。まさかの半年の記念日に、本気で喧嘩になってしまうのだろうか。

「……引くわ、お前」

両手で顔を覆い、西条がぼそりと呟く。

歩はどきりとして箸を握りしめた。何が西条の気に障ったのか分からない。おろおろして歩が身を乗り出すと、西条が顔から手を離し、ため息を吐く。

「ラブラブすぎて、引くっつーの…」

西条の頬が赤い。そんな顔は初めて見たので、歩はぽかんとしてしまった。西条は照れた顔をごまかすように食事を再開し、歩に目を向けた。

「おい、早く食え」

「あ、うん…」

西条の顔が甘くなったので、歩も胸の高まりが治まらなかった。西条はがっつくように箸を動かし、楽しそうに笑った。

「記念日っつったら、やっぱエッチだろ。早く食って、しようぜ」

西条の一言に余計に箸が止まってしまい、歩は真っ赤になった。

食事を終えたあと、ベッドにもつれこんで抱き合った。食べ終えてすぐ抱き合うのは歩は好きじゃない。痩せているとは言いがたい自分の体型が気になるからだ。お腹がぽっこり出ている気がする。けれど待つのが嫌な西条は、いつも気にしないと言って歩を翻弄する。

「ひゃ、ぁ…っ、ん…っ」

背後から西条の大きなモノが入ってきて、歩は甘ったるい声を上げて仰(の)け反(ぞ)った。互いに全裸になり愛撫(あいぶ)し合ったので、もうとっくに息が激しくなっている。ローションで尻の穴を広げられ、感じるところを刺激されると、歩は全身から力が抜けて喘ぐしかできない。西条は歩の感じる場所を全部知っているので、ベッドにもつれこむと西条のいいようにされてしまう。抱かれれば抱かれるほど感度がよくなっていく身体では、西条に立ち向かうのはとうてい無理だ。

「や…っ、や、だ…っ、ぁ…っ」

西条は根元まで性器を埋め込むと、じれったいほどの動きで抜き差しを繰り返す。最近西条は歩をよく焦らし、いやらしい言葉を言わせようとするから嫌いだ。西条は「お前の口からエロい言葉が出てくると興奮する」と言うけれど、行為が終わって素に戻るとのた打ち回るほど恥ずかしいのだ。

「お尻…気持ちいいんだろ…？　お前もびしょびしょじゃん…」

繋がったまま背中から覆い被さってきた西条が、歩の耳元で囁く。激しい動きではなく、優しく揺さぶられているだけなのに、歩はひどく感じてしまう。今も小刻みに腰を動かされるだけで、甲高い声が止まらない。

「ひ…っ、あ…っ、あ…っ、や、ぁ…っ」

内部の浅い部分を突きながら、西条は前に回した手でしとどに濡れている性器を弄ぶ。西条に愛されるようになって、身体が変化してしまった。西条の大きな手のひらが身体中を這うと、頭の芯まで蕩けそうだ。

「乳首もコリコリだ…」

西条の手が性器から乳首へ移り、ぐねぐねとこねていく。感じる場所をあちこち弄られ、抑えようとしても声が飛び出た。あんなに大きなモノがお尻に入っているだけでも信じられないのに、女の子みたいに乳首を弄られて感じている自分がいるのにも目を背けたい。

「さ…西条君…っ、前からがいい…っ」

腰を抱えられ、西条の動きが激しくなってくると、顔を見ないまま達してしまうのが嫌で口走った。歩の言葉に西条の動きが止まり、ずるりと猛ったモノを抜いてくる。質量のある熱が抜かれて、鼻にかかった声が漏れる。

「じゃあ乗っかれよ」

汗ばんだ身体を抱き上げられ、ベッドにあぐらをかいた西条の上に跨った。西条の首にしがみついてまだ弛んでいる蕾に西条の硬いモノを導く。

「ん…っ、う…、うー…っ」

ずるずると西条の熱が入ってくると、頬が紅潮して息が激しくなる。張っている部分が内部の感じる場所を擦り、甘ったるい声がこぼれる。時間をかけてどうにか西条の性器を中に入れると、歩はぐったりして西条にもたれかかった。

「繋がってんの、いいな…。お前の中、すっげぇ気持ちいい…」

歩の髪や背中を撫でて、西条が囁く。内部に銜え込んでいる西条の熱も歩を蕩けさせるが、こうして愛しげに頭や身体を撫でられるのも大好きだ。歩はそろりと顔を寄せ、ちゅっと音を立てて西条の頬にキスをした。すぐに西条が気づいて舌を絡めるような濡れたキスをしかけてくる。髪をまさぐられ、上唇や口内を探られ、歩はとろんとした目つきで吐息を吐いた。

「記念日も悪くねーな…美味い飯食えるし、エッチも楽しい。それに…こういうの初めてだからけっこう新鮮だ…」

歩の耳朶（じだ）を食（は）みながら、西条が笑って囁く。

「お前ちゃんと一年目にも記念祝いしろよ。そんで、二年目も三年目もちゃんとやれよな」

熱い息を吐いて西条が告げる。西条の言葉に嬉しくなって歩はぎゅっと抱きついて大きく頷（うなず）いた。

「俺、そういうの得意だからホントにするよ。覚悟してね…？」

「期待してる」

「西条君、俺たちって…」

ラブラブだね、と言いかけたら、途中で西条に唇をふさがれた。

甘い、甘いキスで。

愛情ダイエット

遅めの夕食を食べている時に、西条希一がぽつりと告げた。

「お前……太ったか？」

西条のためにお茶を淹れていた天野歩は、ぎくりとしてあらぬ方向に目を逸らした。

同棲生活も十カ月を過ぎ、毎日顔を突き合わせているのだから多少の誤差は分からないと思っていた。ここ数週間、西条の前で裸になっていなかったし、季節は冬に変わるこの時期は厚着が多い。自己申告さえしなければ、ばれないだろうと思ったのは甘かった。やはり一緒に暮らす以上、気づかれるのは時間の問題だったかもしれない。

「えっ？　そ、そう……かなぁ……？　気のせいじゃない？」

歩は努めて明るく振る舞い、西条の前にお茶を置いた。テーブルの上には鶏肉の唐揚げに甘酢あんがのったものや、ぶりと大根の煮物、ほうれん草の和え物、タコのマリネやカニクリームコロッケ、シジミのお吸い物が並んでいる。西条は塾の仕事が忙しくて、最近ずっと休日もなく、朝早くに出勤し、夜遅くに帰って来る。夕食を作る時間が長くとれるものだから、もう一品、と増やしているうちにテーブルにどんどん料理が増えていった。西条は喜んで食べてくれるが、自分でも作りすぎなのは自覚していた。

「気のせいじゃねぇだろ。何だ、その腹は」

西条が箸を置いて、近くにいた歩の腹を、シャツの上から掴んでくる。思わず「ひゃわっ」と変な声が上がってしまい、歩は慌てて西条の手を振り払った。実はボタンが留まらないズボンが増えてきたということは、歩のトップシークレットだ。

「や、やめてよね、西条君。今は油断していて、前かがみだっただけだよ。太ったたって言っても、ホントちょっとだし、季節的な問題なんだから」

強気な口調で言いつつ、歩は西条が早くこの話題から離れてくれますようにと祈った。実はものすごく太った。体重計に乗ったら、ありえない数字を叩きだしてしまった。それもこれも西条の帰りが遅くて料理の品が増えるせいだ。そしてものすごく不思議なのだが、同じ料理を食しているのに、西条は痩せていき、自分は太っていく。どうしてだろう？

「ちょっと太ったくらいで、そんなに顔が変わるわけねぇだろ。先月の顔と今月の顔が違う。おい、俺は連日の残業につぐ残業で疲れている。生徒に当たるわけにいかねぇから、ストレスもピークに達してる。飯食って寝る以外、今は何もしたくねぇ。そんぐらいぴりぴりしてるから、はっきり言え。何キロ太った？」

ご飯をかっ込みながら、西条がぎらついた目で問い質す。やさぐれたその表情を見れば、嘘を吐いたら殺されそうな気がして歩は震え上がった。

「……五キロです」

歩は正座してしょんぼりと白状した。西条が目を剝いて、からあげを箸でぶっ刺す。

「一カ月で五キロか！　俺に隠れて何を食ってた⁉」

西条は歩がひそかに美味いものを食べていたと誤解して、嚙みついてくる。とんでもない誤解に歩は首を振り、ローテーブルを叩いて抗議した。

「西条君と同じものしか食べてないよ！　西条君は代謝がよすぎるんだよっ、俺だって気にしてるんだから！　だから今日はご飯も少なめにしたし、デザートもなしにしたんだよ⁉」

歩が怒鳴り返すと、西条が疑惑の眼差しを残しつつ、お吸い物に手を出す。

「まぁいい、つぅか俺は先月のお前の太さが好みだ。今月のお前は駄目だ、元に戻せ。戻さないとでぶむと呼ぶぞ。言っとくがガリガリも駄目だ。俺はあばらが浮いた身体を触ると萎えるんだ。先月のお前の太さがベスト、ぷにっとして筋肉がなくて、すべすべもちもちで最高だ。間違っても鍛えるなよ、筋肉をつけずに、どうにかして前の体重に戻せ」

西条は自分勝手な意見を滔々と述べ、テーブルの上の料理を平らげていく。西条はかなり食べる。自分の二倍はゆうに腹に入れる。それなのにどうして痩せていくのか謎でしょうがない。仕事がハードだとそんなにカロリーを消費するものなのだろうか？

「えーでも、そんなこと言ってもぉ……」

強制的なダイエットを命じられ、歩は抵抗するようにぶつぶつ文句を言った。少し太り始めたなぁと思った頃から、量を減らすようにしていたのに、増えていく一方だったのだ。五キロ減らすなんて、至難の業だ。

「痩せないと別れるぞ、分かったな？」

　空の食器を重ねていきながら西条が怖い顔で脅してくる。

「そんな！　太ったからって、ひどいよ！　西条君は俺の外見を好きになったわけじゃないでしょ？」

　別れる宣言にショックを受け、歩は青ざめて西条にすがった。西条はシンクに汚れた食器を持っていくと、眇めた目で歩を見下ろし、断言した。

「俺を好きなら出来るはずだろ。そんじゃ俺は寝る」

　そう言うなり、西条はさっさと寝室に消えてしまった。おそらくもう朝までどんなに揺さぶっても起きないだろう。感情に訴えて許してもらおうとしたのに、逆に愛情を確かめるような言い方で跳ね返されてしまった。歩はぐうの音も出ずに、リビングで硬直した。

（痩せないと別れるって、冗談だよ……ね？）

　冗談だと信じたいが、西条の目は本気だった。西条と別れるなんて、考えるだけで涙が出てくる。これは真剣に痩せる手段を考えなければならない。歩は閉ざされた寝室のドアを見つめ、絶望的な気持ちで頭を抱えた。

　西条に命じられ、歩は泣く泣くダイエット生活を始めることになった。

　歩は、中学生の時、同級生だった西条と再会して、紆余曲折を経て結ばれた。今では同じマンションに住み、愛し合う仲になっている。自分のようにもっさりして見た目もパッとしないし、時々幽霊に憑依(ひょうい)される体質を抱えた上に、コンビニのバイトだけの薄給男を西条は受け入れてくれた。西条は中学生の時から憧れの人で、見た目も抜群に格好いいし頭もいい、塾の講師で人気もある。そんな西条と一緒に暮らせて嬉しかったのも束(つか)の間(ま)、まさか一年経(た)たぬうちに別れる宣言をされるとは。歩は天国から地獄に落とされた気分だった。

(そもそも何で急にこんな太っちゃったんだろ。幸せ太りかな？　それともまさか、何かの病気!?　そ、そうだ、きっとそうだ！)

ハッとそこに思い至って、歩は人間ドックを受けることにした。一カ月で五キロも太るなんて考えてみればおかしい。きっと何か重病を抱えているに違いない——そう思ったのだが、検査の結果はオールA判定。体重だけ肥満気味と書かれてしまった。

(やっぱりただの肥満なんだ……)

健康だったのは嬉しいが、現実を突きつけられて歩はどんよりとした。これは本格的にダイエットを始めなければいけないと思い、さっそくその夜からメニューを一新した。西条がこってりした料理が好きだから肉料理中心だったが、野菜メインの低カロリー料理に切り替えたのだ。ご飯ももちろん玄米にし、肉は一切出さずに魚料理に変えた。

「お前は俺の唯一の楽しみを奪うつもりか！　何だ、この死ぬ間際の老人が食うような食事は！」

食卓の料理の変化を見て、西条が猛反発してきた。ちゃぶ台をひっくり返す勢いで責められ、散々だった。西条は残業続きでかなり苛々(いらいら)している。文句を言いつつ全部食べたが、玄米はお気に召さなかったようだ。

西条が怒るので仕方なく料理は変更するのを止(や)め、歩だけ別メニューにした。ちょうど父からリンゴが段ボールひと箱分送られてきたので、リンゴダイエットをすることに決めた。しかし実際リンゴばかり食べているとかなり飽きるし、何より真夜中に腹が減って「ぐーぐー、うるせぇな」と西条にベッドから追い出される羽目になった。

近所を走り回ったり、烏龍茶(ウーロンちゃ)を大量に飲んだり、出来ることはいろいろしてみた。けれど体重計に乗っても、減ったのは一キロ程度。どうがんばっても、五キロ減らない。

ダイエットを初めて一週間。歩は微動だにしない体重計の針を見るのが恐怖になり、うつろな表情になった。

(もう駄目だ。西条君に謝って、どうしても減らないって泣きつこう)

一日一食ダイエットをしても減らない体重に限界を感じ、歩は金曜の夜にリビングのソファで一人、暗く思い詰めていた。

「ただいま」

夜、十時頃帰ってきた西条が、足音も荒くリビングに駆け込んでくる。西条は見たことがないほど機嫌のいい顔つきで歩のいるソファに近づいてくると、鞄(かばん)を放り投げ、ジャケットを嬉(き)

々として脱ぎ捨てる。何かいいことでも、あったのだろうか？

「あの、西条君、俺、その、体重が……」

「仕事のピークが過ぎた！　明日から三日休みだ！」

歩のか細い声を遮り、西条がネクタイを勢いよく引き抜いて言う。歩が目を丸くすると、いきなり抱きついてきて、激しく唇を吸う。その勢いに押されてソファに引っくり返った歩は、何か言う暇もなく深いキスをされてじたばたもがいた。

「ん、う、う……」

西条の性急な誘いについていけず目を白黒させていると、強引にズボンを下ろされる。太った身体を見られたくなくて、歩は服を脱がそうとする西条に抵抗した。

「さ、西条君、これはそのっ、一週間じゃ、まだ成果が……っ」

別れると言われたくなくて何とかごまかそうとする歩に、西条が噴き出して笑った。

「お前、ぜんぜん痩せてねぇじゃん。しょうがねぇな、一カ月くらい、してなかったからな。分かってるよ、今夜はたっぷり可愛がるから。俺に任せろ」

西条は歩の手から難なく衣服を奪いとり、のしかかってくる。呆然とする歩に、西条はシャツを脱ぎながら馬乗りになり、ぺろりと唇を舐める。

「え？　え？」

よく分からないままに西条に身体をまさぐられ、歩はあっという間に快楽の海に落ちた。

信じられないことが起きた。朝まで西条に何度も貫かれ、声が嗄(か)れるまで喘(あえ)がされた後、体重を計ってみたら、元に戻っていたのだ。

「う、嘘……。あれだけがんばっても落ちなかったのに……」

ベッドでぐったりしながら、歩は呆然とした。セックスしただけでこんなに体重が減るなんて、信じられない。確かに身体中舐められて、もう出ないと泣くまで射精させられ、全身汗びっしょりにはなった。体勢をいろいろ変えて、何度も揺さぶられたのが効いたのだろうか？　こんなダイエット方法があったなんて、知らなかった。

「やっぱりこの抱き心地が最高だな」

歩の腰や太ももを撫(な)でて、ベッドの上で西条が呟く。互いの身体は汗と精液でべとべとだ。とにかくこれで別れることは回避出来た。何だか腑(ふ)に落ちない気もするが、西条の顔から険がとれたので、良しとするしかない。

「西条君、俺のベスト体重が維持出来るかは西条君の愛情にかかってるんだね」

西条の身体にくっつきながら、しみじみと歩は呟いた。

「お前、ホントに隠れて何か食ってなかったんだな？」

返ってきた言葉にさすがに歩も苛立ち、思い切り脇腹をつねっておいた。

海に行こうよ

帰ってくるなり、西条希一が手にしたハガキをひらひらさせながら言った。

「おい、同窓会のハガキが来てたぞ」

夕食の準備をしていた天野歩は目を丸くして振り返り、顔を引き攣らせた。同窓会のハガキ——それは歩と西条にとって忌まわしい記憶を呼び覚ますものだった。去年西条と一緒に中学生の時の同窓会に出席して、散々嫌な目にあったのだ。

「一応聞くけど、行かねーんだよな?」

ソファにバッグを置いて、西条がニヤニヤして聞く。仕事帰りの西条はスーツ姿で、長身に整った顔、男の色気を醸し出していて見惚れるほど格好いい。歩をからかうようにして言った台詞も、うっとりするような美声だ。

「もう十分堪能したからいいよ」

歩は唐揚げを皿に盛って、苦笑した。たくさん唐揚げを作ったせいか、2LDKのマンションには美味しそうな匂いが充満している。西条はキッチンに入ってきて大好物の唐揚げを覗き込み、嬉しそうに笑った。

「今日は唐揚げの気分だった。以心伝心だな」

食べることが趣味の西条は山盛りになった唐揚げを見てご満悦だ。夏真っ盛りの八月、夏バテで食欲がなくなることなど西条にはありえない。肉だけではバランスが悪いのでサラダも作ったが、西条が食べてくれるかは気分次第だ。

「汗かいたから、速攻でシャワー浴びてくる」

西条はご機嫌のまま浴室に向かう。歩は料理をテーブルに運び、ソファに放置されたハガキを手に取った。同窓会を主催するのはクラスでもリーダー格だった女子だ。

過去の記憶が蘇って、ぶるりと背筋を震わせ、歩はキッチンに戻った。

歩は今、中学校の同級生だった西条と同棲をしている。二十四歳の誕生日に一人暮らしを始めた際に西条と再会し、長年抱いていた自分の気持ちに気づいた。西条は歩と会うまでは女をひっかけまくる最低の男だったが、今は歩だけを愛してくれている。見目もよくスタイルも抜群、塾講師をしているので頭もいいし、一緒に歩いていると通りすがりの人が振り向くようなイケメン——それが西条だ。一方歩のほうは昔からダサい、とろいと言われてきたし、西条と歩いていると引き立て役と陰口を叩かれるほどイケてない。取り柄といえば西条好みの料理を作れることと、霊が視えることくらいだ。もっとも西条は霊全般を信じておらず、事あるごとに否定されてしまうのだが。

西条との同棲生活は楽しく、歩の霊媒体質のせいで危険な目にも遭ったが、今は幸せに暮らしている。

「ところで何で、同窓会なんて行ったんだっけ？」

シャワーを浴びてすっきりした西条が首をひねって呟いた。

「ほら、俺が行ったことないから行ってみたいって言ってさ……」

西条は去年のことをすっかり忘れてしまったらしい。歩の説明に、思い出したように「あー」と声を上げた。テーブルについた西条の前に、炊き立てのご飯を置く。西条はいただきますも言わずに唐揚げに箸をぶっ刺している。

「そうだった。経験値の足りないお前の希望で行ったんだったな」

西条は自分も同窓会初参加だったことを都合よく忘れている。

「俺、中学の時に休学してから、青春時代を修行で過ごしたからさぁ……」

歩は西条と向かい合って座り、いただきますと手を合わせた。霊能力に目覚めた中学生の時、歩はまともな生活を送れないくらいぼろぼろになった。見かねた父が歩を修行させ、どうにか一般人と同じ生活ができるようにしてくれたのだ。

西条は二つ目の唐揚げにポン酢をかけて食べている。美味い美味いと頬張る姿を見ると、作り手としては嬉しいものだ。

「他にも何か、あんのか？　やりたいこと」

西条が粒マスタードを冷蔵庫から持ち出して言った。西条は唐揚げの味を変化させて心ゆくまで楽しむようだ。

「そうだなぁ……。海、とか行ったことないかも」

自分の灰色の青春時代を振り返りながら歩は呟いた。とたんに「えっ⁉」と大きな声が返ってくる。

「海、行ったことないってマジか。そんな奴、いんの」

西条は再び席に着くと、まじまじと歩の顔を見つめた。そんなに変な話だったろうか。

「もちろん海は見たことあるけど、海水浴場で遊ぶとか、そういうのしたことないなって。川で滝行とかならあるんだけど」

「マジかー……」

西条が憐（あわ）れむような目つきで歩を見る。どうやら西条は海で青春を謳歌（おうか）した経験があるようだ。

「海って自然と浮かぶんでしょ？　ちょっと入ってみたいかな。泳ぎ、そんなに得意じゃないけど。ビーチバレーとかさ、やってみたいなぁ」

何げない口調で歩が言うと、西条が突然身を乗り出してきた。

「よし、明日行くか。ちょうど休みだし」

珍しく乗り気の様子で言われ、歩は戸惑いつつ見つめ返した。海。バカンス。砂浜を歩いたり、ビーチバレーをしたり。想像したとたん歩の頭は一気に夏休みモードになった。幸い、明日は歩もバイトが入っていない。

――かくして、海へ遊びに行くことが決まった。行ったことがないので妄想の世界でしかないが、明日は若者らしく海で弾ける。大好きな西条と一緒なら、きっと楽しい一日になるに違いない。歩は期待に胸を膨らませて、その夜を過ごした。


「な、何……これ」

歩は呆然として砂浜に立った。見渡す限りの人、人、人——。大音量で響くクラブミュージック、いわゆるギャルっぽい水着姿の女性たち、お近づきになりたくないような派手な若者、真夏の海水浴は浮かれた男女でごった返していて、うるさいほどだった。

「お、俺の知識にある海水浴って、家族連れが砂でお城を作ってる感じだったんだけど……。これがパリピとかいう……？」

西条の背中に隠れて、歩はびくびくとして言った。家族連れはほとんどなく、ヤンキー系のお兄さんか派手な髪形の女の子ばっかりだ。こんなところを一人で歩いていたら、確実にカツアゲされる。

「わりぃ。昔、よく通ってたとこ、来ちまった。よく考えたら、俺、海にナンパしにきてただけで、お前が夢見てるような遊び、一個もしたことねーわ」

西条が悪びれる様子もなく言う。頼んだ相手が間違っていたと、歩は西条の背中をぽこぽこ叩いた。西条は海パン姿で、腹筋は割れているし、周囲の女性陣の視線を奪っている。歩は太りやすい体質で、お腹もぽっこり出ているのでパーカを羽織っている。浮かれて騒ぐ若者を見るに耐えず、歩はひたすら西条の後ろをくっついていった。

「この辺にシート引くか」

西条は人のいない砂浜をやっと探し出し、荷物からレジャーシートを取り出した。ここに至るまで、三回ほど西条は女性に声をかけられていた。真夏の海は開放的になるらしい。水着姿の女性たちは歩を無視して、しきりと西条にべたべたしていった。

「想像と違う……」

歩はシートに座り込み、どんよりした気分で言った。

「そう暗くなんなって。海ってこんなもんだろ」

西条は歩の気持ちなど気づかない様子でサンオイルを取り出す。西条にべたべたする女性を見てこちらがやきもきしていることなど、どうでもいいようだ。

「せっかく来たんだから、焼こうぜ。ほら塗ってやるから」

歩のパーカを無理やり引き剝がし、西条が促す。西条に言われて歩はシートに寝そべった。水着一枚という格好で寝そべるというのが初めてだったので、歩はドキドキしながら後ろを振り返った。西条はサンオイルを歩の背中に垂らして手のひらで伸ばしていく。

（うわぁ……何か変な気分）

西条の手は口調とは裏腹に優しく身体を撫でていく。まるでマッサージされているようだとうっとりとし、歩は力を抜いた。

「ひゃん！」

ふいにぞくっとした感覚に襲われて、歩は変な声を上げてしまった。慌てて口を閉じ、真っ赤になる。西条の手が足のつけ根近くを撫でた時、声が出た。

「馬鹿、お前、変な声出すな」

西条が潜めた声で叱る。

「ご、ごめん、だって」

歩は自らの口を手で押さえ、誰にも聞かれていないかと辺りを見回した。幸い、歩のことを気にしている人はいない。

（あ……やば）

西条の手で膝裏や太ももを撫でられ、歩は耳まで赤くなった。西条と何度も抱き合った時の記憶が次々と蘇ったのだ。西条がオイルを塗る手が、まるで愛撫のように感じられる。西条はセックスの時は執拗（しつよう）に乳首を弄る。大きな手のひらで尻を揉（も）みしだき、足のつけ根を揉むようにしてくる。

「おい、何で乳首硬くしてんだ」

背中を撫でていた西条の手が前に回り込み、歩の乳首を弾いていく。甘い電流が走ったみたいで、歩は必死に声を殺した。これはもうやばい。こんな真昼間の人が多い中、最悪の状態になってしまった。

「……西条君、勃（た）っちゃった。どうしよう」

歩は涙目で後ろを振り返った。西条に身体を撫でられただけで火がついてしまった感度のいい身体に呆れ果てる。西条は歩の告白に一瞬噴き出し、それから艶っぽい目で見つめてきた。

「じゃ、青姦（あおかん）するか？　見られてやるのは未経験だろ」

西条は面白そうに笑って言う。こっちは起き上がれなくて大変だというのに、楽しんでいるようだ。

「しないからぁ！　萎えるようなこと、何か言ってよ！」

タオルに顔を埋（うず）め、歩はじたばたと足を動かした。海なんて来るんじゃなかった。こんなところで勃起したら、水着一枚で隠せるはずがない。

「うーん……ババァの裸とか、想像しろ」

あまりいい提案ではなかったが、歩は懸命に下半身に集まってしまった熱を鎮めようと思い描いてみた。――だが、あまり効果はない。やはり、ここはこれしかないか。

歩が念仏を唱え始めると、横にいた西条が「ひっ」と叫んで飛び退（の）いた。

「すっげー引く。マジ引く。キモ」

西条は顔を引き攣らせて、げしげしと歩の足を蹴ってくる。般若心経（はんにゃしんぎょう）を唱えていたら勃起は収まった。代わりに水辺にいた霊たちが寄ってきてしまったが。

「俺たち、海、似合わないね……」

近づいてきた浮遊霊が西条の周囲をうろうろしているのを見つめ、歩は力なく笑った。楽しい夏休みと思い海に来たが、今日はどんな日になってしまうのだろう。来たばかりだがすでに帰りたくなり、歩は西条に近づく悪霊を追い払った。

どこにいても、君と

どこまでも落ちていく感覚があった。

高い場所から突き落とされて、谷底に落ちるような。これは悪い夢だと頭の隅で考え、必死に眠りから覚めようとした。

(すっごい、嫌な夢見た)

天野歩は目を開けて、汗で濡れた額を拭った。目の前に惚れ惚れするようないい男が座っている。鼻筋がすっと通っていて、切れ長の瞳で、シャープな顎のラインをしている。美人は三日で飽きるというが、イケメンは何年でも飽きないものらしい。この人は何てかっこいいんだろうと見惚れたのも束の間、大きな悲しみが押し寄せてきて歩はぐっと唇を噛んだ。

歩は潤んだ眼を擦り、ペンライトをかざして地図を確認している西条希一を睨みつけた。

「西条君の浮気者」

涙目で歩が言うと、西条はちらりとだけこちらを見て、また地図に目を落とす。

「俺というものがありながら、ひどいよ。浮気するなんて……」

歩がなおも詰ると、西条がため息をこぼしてペンライトを歩の顔に向ける。眩しくて目を細める。

「俺がいつ、どこで」

苛立ちを顔に滲ませ、西条が尖った声で言う。

「夢の中で……」

歩が目尻の涙を拭って言うと、西条はひどく顔を歪ませた。

「はぁ？　てめぇ、寝ぼけてんのか」

西条は顔はいいが、口はとても悪い。

「予知夢だったかも……」

先ほどまで見た夢を思い出し、歩はうるうると目を潤ませた。夢の中で西条は綺麗な女性とイチャイチャしていた。歩が文句を言っても馬鹿にしたような目で見て、お前とは別れるときっぱり振られたのだ。

「このボケ！　そのオカルト脳をどうにかしろ！　つうか、この状況でよく眠れんな、てめーの神経の図太さに呆れるわ」

予想はしていたが、西条に頭を叩かれ、しこたま怒られた。もちろん歩だって西条が夢の中でした浮気はノーカウントだと分かっている。それでも悲しくて苦しくて詰らずにはいられなかったのだ。

「だって、しょうがないじゃん。眠くなったんだもの。車の中、真っ暗だし」

歩は潤んだ目を擦り、シートにもたれた。今、歩は西条と車の中にいる。車の外は一面の闇で、ひと気はないし、ここがどこかも分からない。

歩と西条は男同士ながら恋人という関係にある。同性ということを差し引いても、イケメンで頭もよくスタイルもいい西条と、もっさりしてコンビニのバイトしかしていない歩は釣り合っていないのを自覚している。中学生の時の同級生である西条と大人になって再会し、西条に憑いていた危険な霊を取り除こうと奮闘する中、身体の関係から始まり恋人になった。歩には人ならざるものを視る力があって、中学生の時から西条に憑く禍々しいものが気になっていたのだ。西条は霊なんていないという超現実主義だが、歩のことだけはしぶしぶ認めてくれている。紆余曲折を経て、今ではすっかりラブラブな仲だ――と歩は自負している。

塾講師をしている西条が珍しく休暇が取れた日、歩たちは車で出かけることにした。

「この前雑誌で見た夜景スポットに行こうよ」

歩がバイトしているコンビニで、暇なときにめくった雑誌に載っていた夜景スポットの話をすると、じゃあそこへ行くか、と西条がレンタカーを借りてきてくれたのだ。

それがそもそも間違いだった。出発してすぐ五差路のところで危険運転をする車に危うくぶつかりそうになったり、山道に入ってしばらくしてナビが突然動かなくなったり、スマホはフリーズ、延々走っても標識が見当たらない状況に陥った。夜景を見るために遅い時間に出たのも失敗の元だ。どんどん周囲が暗くなっていくのに、店はおろか自販機すらない。時おり明かりがぽつんとあるだけ。その状況に至って、ようやく歩も気づいた。

何かおかしい。

このまま車を走らせることに恐怖を抱いて、歩は路肩に車を停めるよう頼んだ。西条も薄気味悪さを感じたのか、素直に停めてくれた。

「おい、またあれか。変なのが憑いてきたとかか。いや、俺はぜんぜん信じちゃいねーけど」

電子機器が次々と不調になって、西条も不気味さを感じているようだ。しかもこんなに走っているのに民家一つ見当たらない。

「うーん、俺もよく分かんないけど、何か変だよね。ちょっと停まって考えたほうがいいんじゃないかな。ガソリンなくなったら大変だし」

歩はメーターを覗き込んで言った。というのも、ガソリンの量が異様に減っていたのだ。この車は西条がレンタカー屋で借りてきたものだ。借りた時点でガソリンは満タンになっていたはずだが、何故か急激に減っている。

「うぉ、マジかよ！　気づかなかった」

西条はガソリンの量に気づいていなかったようで、目を剝いている。

「や、ぜってーこんなに使ってねーだろ。まだ二時間程度しか走ってないのに、もうガス欠寸前とかありえねー。やっぱりお前の管轄か？　気味悪いことが起きてんのか？　どこだ、さっきのトンネルか？　それとも道の脇にあった墓地か？　地蔵がいたけど、あれじゃねーよな？」

西条は霊など信じないという立場を崩さない男だが、歩よりよっぽどチェックが厳しい。

「特に何も感じなかったけど……。でもこのまま走ってたら、ヤバそうだから、ナビが回復するまでここにいようよ」

歩はナビを操作しながら提案した。ナビの画面は暗くなったり点いたり、画像が乱れたりとひどい状態だ。今どこにいるのかさえ分からない。

「そうだな……。エンジン切るぞ」

西条はしばらく回復は無理と悟り、エンジンを切った。車内の明かりも節約のため点けず、西条は持ってきたペンライトで地図を照らして、これまで辿った道を確認している。助手席でそれを見ていた歩はうとうとしてきて目を閉じた。

そして、西条の浮気という嫌な夢で目覚めたのだ。

「俺、どれくらい寝てた?」

西条を詰るのは不毛と歩も納得し、腕時計に顔を寄せた。西条がペンライトで手元を明るくする。

「十五分くらいだろ。つうか寝てたのに気づいてなかった。やけに静かだとは思ってたけど……、お前、この山の中でよく寝れんな」

腕時計を見ると夜の十時だ。窓の外に目を凝らしてみたが、茂みや木くらいしか分からない。睡眠不足というわけでもなかったのに、猛烈な眠気に襲われて寝てしまったようだ。しかも西条が浮気する夢を見るなんて、不吉だ。

自分の頬をぺちぺちと叩いて、歩は顔を引き締めた。歩は霊媒体質だし、西条も憑かれやすい人間だ。そんな二人がこんな夜の山で立ち往生しているなんて、危険極まりない。

「おい、やめろ。キモイ」

西条に変な霊でも憑いていないかと歩は目を凝らして西条を視ていた。するとうさんくさそうに西条に眉を顰められる。舐め回すように西条を見ていたのが気持ち悪かったらしい。体調がいいといろんなものが視える歩だが、今日はぜんぜん駄目だった。何も見えない。本当に憑いていないのか、単に歩の調子が悪くて視えないだけなのか判別できない。

「だって、きっと西条君に憑いてる霊の仕業だよ」

歩がなおも西条の首の後ろや肩の辺りを視ていると、イラッとした顔で口の中にペンライトを押し込まれた。

「うぐぅ……っ」

まさかペンライトを口の中に突っ込まれるとは思ってなくて、反射的にペンライトを齧ってしまった。ペンライトの固さに、げほっと口を開ける。歩は吐き気を催し、車を飛び出て外でげーげーと吐き出した。

「ひどいよ！　西条君！」

涙目で車内に戻ってくると、西条がウエットティッシュでペンライトを拭いている。

「こんな真っ暗な車の中で、奇行に走る奴がいたらしょうがねぇだろ。いいか、俺に後ろの奴などいない。変な場所を見るのはやめろ」

西条は悪びれた様子もなく言う。霊視している姿が奇行とはひどいと思ったが、これ以上視ても分からないのでやめておいた。よく考えたら出かける前も、車内でも、西条に変な点は見当たらなかった。悪霊が憑いていたら、何かしらのサインがあるはずだ。

「大体俺を疑っているようだが、お前だって怪しいんじゃないか？　最近、目に見えて食べる量が増えているぞ」

西条にうろんな眼差しを向けられ、歩は赤くなって視線を逸らした。

「そ、そんなことは……」

「腹も太もももムチムチしてるぞ」

痛いところを指摘され、歩は肩を落とした。食欲の秋というが、十月に入ってから何を食べても美味しくて少し太ってきた。同じ分だけ食べているのに、どうして西条が引き締まった身体をしているのか不思議でならない。

「犯人捜しはやめようよ。ところで西条君、地図見て分かったの？」

ずっと地図を見ている西条に話を振ると、重いため息が戻ってきた。

「今、どこにいるか分からない」

西条は困ったようにナビを操作し始める。地図を見ても分からないなんて、本格的に迷子になったらしい。頼りのナビが誤作動したせいだ。

「あーくそ」

西条は持っていた地図を後部席に放ると、しばらく無言になった。この状況をどうするつもりなのだろうと思っていると、西条が助手席に身を乗り出してきた。

「暇つぶしに、カーセックスでもするか」

真面目な顔で言われ、歩は「なーっ⁉」と腰を浮かした。

「さ、西条君、何考えてるのさ！　しないよ！　これ、レンタカーだよ⁉　汚しちゃまずいでしょ！」

ろくなことを言わない予感はしていたが、想像の斜め上をいった。歩は真っ赤になって窓に背中を張りつけた。西条は軽く舌打ちして、腕を組む。

「拭いときゃばれねーんじゃねーか？　まぁでもお前、何度もイくからなぁ……。ゴムも持ってねーし」

本気でやろうとしている雰囲気を感じとり、歩は焦りを覚えた。こんな場所で事に及んで、誰かに見られたら大変だ。西条とするセックスは気持ちよすぎて、声を抑えるのもつらいし、車を汚さない自信がない。西条は講師という立場にありながら、人目を気にしなさすぎる。野外で性行為なんて、歩にはハードルが高すぎるのだ。

「ささ、西条君、ナビを見て」

見るとナビにかかっていた乱れが消えている。このままここにいたら、変な空気になりそうで、歩はナビを指さした。

「おっ、いけるかも」

ナビを覗き込んだ西条が、目を輝かせる。先ほどまで何をしても反応を示さなかったナビが、突然正常な動きを見せ始めた。西条はこの機会を逃すまいと、すぐにエンジンをかけて車を出す。

「今夜はもう帰ろう。夜景とか見てる場合じゃない」

西条は夜景を見に行くのは諦め、自宅に戻る道を辿っている。賢明な判断だと思う。ガソリンも残り少ないし、得体の知れない不気味さが残ったままだからだ。こんな状況でカーセックスとか冗談でも言える西条に脱帽した。

「ぜんぜん違う場所にいたな。どっかにガソリンスタンドがあるといいんだが」

ナビで表示された地図を見て、西条は呆れている。歩も覗き込んで見たが、かなり山奥まで来ていたことが判明した。周囲は山に囲まれ、しばらく一本道しかない。ラジオをつけると、電波が悪いのか流行りの曲が切れ切れにしか聞こえない。すれ違う車もないし、明かりは車のヘッドライトだけ。何だか心もとなくなってきた。

「変なこと言っていい？　世界に俺たちだけになったみたいだね」

暗闇の中、車を走らせていると、変な妄想が湧いてきた。

「俺とお前だけになったら、子孫残せないから滅亡するな」

西条はハンドルに手をかけながら笑っている。

「それまずい気がする……」

妄想とはいえ罪悪感を覚え、歩は顔を引き攣らせた。

「やっと山を下りたかな」

三十分もすると蛇行する道を抜け、平らな道になった。国道を走っていたはずだが、やけに道が狭まり、雑木林に囲まれた。

「く、やべぇ」

西条はガソリンメーターとにらめっこして、苦しげな声を上げた。とたんに車が失速し、変な音を立てて停まった。

「最悪だ。ガス欠になっちまった」

西条は額に手を当てて、仰け反っている。こんな場所でガス欠とは、今日は運が悪いにもほどがある。仕方なく歩たちは車を出て、スマホでレッカー車を呼ぶことにした。けれど、どういうわけかスマホが使えない。ネットは繋がらないし、電話もかけられない。

「しょうがねぇ。歩いて公衆電話を見つけるか」

西条は気を取り直して歩き出した。前方に街灯が見えた。西条はペンライトで足元を照らし、歩き出す。

「待って、西条君」

暗がりの中を歩くのが怖くて、歩は西条の着ているジャケットの裾にしがみついた。

「ほらこっち」

歩の手をやんわり解いて、西条が引っ張る。誰に見られるか分からないから、外で手を繋ぐことなんてしないが、こんな真っ暗な道ではきっと大丈夫だろう。歩は妙に嬉しくなって、西条の手をしっかりと握った。

しばらく歩くと、街灯のおかげで足元が判別できるようになる。ずいぶん寂しい道だ。雑木林に囲まれた一本道。ひったくり、痴漢注意の看板が立っている。

「この道でいいの？」

歩は西条にくっついて、きょろきょろして聞いた。

「さっきのナビの地図じゃ、一キロ歩けばガソリンスタンドがあるはずだけど……」

西条も心配そうに呟く。

「何かなぁ、この道、どっかで見た覚えが……」

西条はペンライトをあちこちに向けて、首をかしげる。

「知ってる道？　俺はぜんぜん分かんないなぁ」

西条が知っている道なら、少しは安心できる。土地勘のない場所を歩かされて、歩は不安になっている。

「あ、神社」

ぼんやりとした明かりの中、石の鳥居と階段が見えて、歩は呟いた。

「神社か……。登ってみるか？」

長く連なった石段を見上げ、西条が言う。

「こんな真夜中に神社とか、危険だよ！」

歩は慌てて首を振った。神社は明るい時に行くものだ。夜の神社にはもののけが集まると言われている。

「つっても、しばらく何もねーじゃん。誰かいねーかな。公衆電話があればいいんだが」

西条は物怖じする様子もなく階段を上がっていく。現実主義の西条は、夜の神社に怖さを感じないらしい。嫌だったが、西条一人で行かせるのはもっと嫌だったので、仕方なく歩も西条についていった。

（あれ、ここ……）

石段を登りきると、歩は既視感を覚えて胸に手を当てた。暗くてはっきり見えないが、この神社に以前も来たことがある気がする。神社はどこも似た造りといえばそうなのだが、社の形といい狛犬といい、賽銭箱の形も見覚えがある。

「ねぇ、西条君、俺もここ来たことあるかも……」

歩は胸が騒いできて、西条の腕にしがみついた。記憶にある神社と合致する点が多いが、そんなはずはない。場所がぜんぜん違うのだから。

「神社の名前、何ていうんだろう」

歩の問いに答えるように西条がペンライトで辺りを照らす。その時、ぽつんと頬に当たるものがあった。雨粒だ。最初はぽつぽつとした雨は、すぐに激しい雨に変わった。

「最悪」

西条は歩の手を引いて、賽銭箱が置かれた階段を上がり、本殿の軒下に入る。本殿の扉は閉まっていて、格子の隙間からご神体の丸鏡が見えた。

「西条……君」

土砂降りの雨に気を取られている西条に、歩は声を震わせた。神社は小高い場所にあって、周囲の景色が暗いながらも見て取れた。神社は森に囲まれており、その先に学校があった。

「ここ……、中学生の時に肝試しした、神社……じゃない?」

歩は西条の背中に向かって呟いた。

「はぁ?　何、馬鹿言って……」

笑いかけた西条が、硬直して周囲を見回す。西条が厳しい顔つきで、手で口を覆う。

「まさか、そんな……、嘘(うそ)だろ」

西条は境内を見渡し、青ざめる。西条は本殿から見える学校を見下ろし、無言でその場に腰を下ろした。懐から煙草(タバコ)を取り出し、ライターを探すようにあちこちのポケットに手を突っ込む。禁煙はまた破られるのだろうか。

ここは歩と西条が中学生の頃に通っていた地域と、すごく似ている。神社も同じに見えるし、木々の隙間から見えるグラウンドや校舎はまさに思い出の風景だ。けれどそんなはずはない。夜景を見に行ったのはぜんぜん別の土地だったし、そもそも歩たちは実家から離れた場所に暮らしているのだ。いくらナビが誤作動しても、ここに辿り着くわけがない。

「西条君、やっぱり何か変な力が働いてるよ」

歩は黙って煙草を吸い続ける西条の隣に正座になった。夜中の神社も不気味だが、かつて通っていた学校の隣にあった神社となると不気味を通り越して恐怖だ。

「……神社とか学校って、どこも似たようなもんだよな」

短くなった煙草を携帯灰皿に捨て、西条が打って変わって明るい声を出した。

「え」

雨音が大きかったので聞き違いかと思って、歩は目を丸くした。

「ここ、中学の時に来たとことすげー似てる。ってことにしよう」

西条はこの状況を受け入れないことに決めたようで、きっぱりと言い切った。歩は呆れて口をへの字に曲げた。

「西条君、いくら何でもそれは……、それこそ現実逃避じゃないの⁉　さっき、見覚えあるとか言ってなかったっけ？」

似てるどころか本物だと思うが、西条は歩の意見を無視する。

「そんなこと言っていない。雨が上がったら、出て行くぞ」

西条は二本目の煙草を取り出して、頑なに言い張る。西条なりに不気味さは感じているようだ。歩はこれ以上言い争うのをやめて、足を崩した。

雨は地面に叩きつけるような勢いで降っている。じっと見ていると、少し肌寒くなってきた。中学生の時に来た神社というのもあって、中学生の時のことを思い出していた。今もどんくさいと言われるが、あの頃は輪をかけてとろいし鈍かった。いつもへらへらして他人に合わせて、無為に時を過ごしていた。

西条とは三年生のクラス替えで出会った。西条は歩と正反対の性格で、常に一人で行動していたし、頭もよく、運動能力も高かった。おまけに顔がいいものだから、女子連中の間では注目の的だった。後から西条が他人と距離を置いていた理由を知ったが、もしその理由がなければ、歩とは一生縁のない人間だっただろう。

「中学の頃のお前さぁ……」

物思いに耽っていると、西条がぽつりと言った。

「俺とは別の意味で浮いてたよな」

しみじみとした口調で言われ、歩はがっくりとうなだれた。こっちは必死に周囲と同調していたつもりなのに、そんなことを言われようとは。

「ま、まぁ、途中で学校行かなくなったしね……」

あの頃にはいい思い出がないので、歩は遠くを見る目つきになった。

「その前から浮いてたろ。存在感があるようでないっつーか。たまに独り言、言ってなかったか？　後ろからぶつぶつ聞こえてきたことが……」

西条に中学生の時の記憶を紐解かれ、歩はうーんと頭を巡らせた。

「そうだったかな……？」

「お前って今でいう癒し系だったのかな。お前がいなくなった後、ちょっと教室内が殺伐とした感じはあったよ。何だっけ、河原、とかいうのが軽いイジメにあってたような？」

初めて聞く話に歩は驚いた。河原は仲の良かった男子生徒だ。

「ほ、本当？　それ」

「俺もクラスの奴とはぜんぜんつるんでなかったから分からないけど、よく一人でいたし、トイレで飯食ってるの見た。つっても、そんな深刻な奴じゃねーよ。三学期頃は他のクラスメイトと昼飯食ってたし」

「そうなんだ……」

中学生の時の話とはいえ、気分が沈んだ。河原は同窓会で会った時はふつうに見えたので、そんなことがあったとは知らなかった。

「今の学校の話とか聞くと、すごすぎてビビるぜ。俺たちの時代って、今ほどSNS流行ってなかったからな。楽な時代でよかった」

西条が煙草の火を消して笑う。

「何かさ、お前といるせいか、たまに中学生の時のこと思い出すんだよな。ろくな思い出ないのに」

雨の音にまぎれて、西条の低い声が耳に届く。西条の整った横顔を見つめ、歩は形のいい唇に何度もキスをしたことを頭に浮かべた。未だにこんなにかっこいい男が自分の恋人というのが信じられない。中卒で、もさっとした自分とでは釣り合わないことは自覚している。

「……お前ってさぁ」

西条が振り返り、身を乗り出してくる。

「あの頃から、俺のこと好きだったの？」

西条の目がいたずらっぽい輝きを秘めている。からかうような口調で聞かれ、歩はほんのり頬を赤くした。

「うん。そうだと思う」

歩が素直に頷くと、ニヤニヤしていた西条が真顔になった。

「……ふーん」

西条がそっぽを向いて、頭をがりがりとする。

「考えてみたら、西条君以外、好きになった人いないんだよね。初恋がそのまま実るなんて、珍しいのかな。っていうか西条君も、最初にした時、好きとか分かんないって言ってたから、俺たちって」

軽口を叩いていると、ふいに西条に肩を抱き寄せられた。そのまま唇を吸われて、びっくりして固まる。

「さ、西条君、ここ、外……」

何度もキスをされて、歩は焦りつつ言った。西条はうっすら赤くなった顔で歩を睨みつける。

「誘ったのはお前だろ」

誘ったつもりはない、と言いかけた唇を西条にふさがれる。何故(なぜ)か西条は興奮していて、歩の唇を強く吸いながら、のしかかってくる。本堂の板敷の上とはいえ、隠す場所もない野外だ。西条の手が衣服の隙間から滑り込んでくるのを感じ、歩はじたばたした。

「西条君、こんなとこで何してんの！　誰か来たらどうすんのさ！」

夜で雨が降っているとはいえ、誰か来たら一発で何をしているかばれてしまうだろう。つき合いたてのカップルではないのだから家に帰ってすればいいのに、西条は変なスイッチが入ってしまったようだ。

「誰も来やしねーよ。こんな夜中に神社にいるもの好きは俺たちだけだ。つうかお前って常識人じゃないわりに常識人ぶった発言するよな」

西条の指先が、慣れたしぐさでシャツのボタンを外し、乳首を摘まみ上げる。

「お、俺っ、常識くらいあるよっ。フツーだもん！」

「どこが。変なの視えたりするし、キモイ発言は多いし、お前がふつうとか笑かす」

「ひゃああっ」

慌てて逃げようとしたが、背中から覆い被さった西条に押さえ込まれた。

「さ、西条君……っ」

着ていたカーディガンがはだけ、西条にうなじを吸われた。唇の柔らかい感触に、歩は身をすくめた。

「神様に見られちゃうよっ」

歩が引っくり返った声を出すと、西条の動きが一瞬止まり、噴き出した。

「何だ、それ。ギャグのつもりか?」

歩は真面目に言ったつもりだが、西条には冗談にしか聞こえなかったらしい。そうこうするうちに西条の手が歩の乳首をぐねぐねと弄る。はだけたシャツの隙間から手を入れられて胸元を弄られるというのがとてつもなくいやらしく感じて、歩はカーッと顔が熱くなった。

「お前、ここ好きだろ」

耳朶を齧られつつ、乳首を引っ張られ、歩はぞくぞくして吐息をこぼした。西条の指先が乳首を弄るたびに、下腹部に熱が灯っていく。抵抗しなければと思うのに、キスをされながら片方の乳首もシャツの上から爪で引っかかれると、気持ちよくて鳥肌が立つ。

「西条君……、あ……っ、あ……っ」

歩は床板に肘を突き、ひくひくと身体を震わせた。西条は歩が喘ぎ始めたのを見て、建物の壁に背中を預けて座り込み、歩を膝の中に入れた。

「こんな格好……、もろに見られちゃうよぉ……」

西条の手がシャツの前を全開にし、両方の乳首を愛撫する。まるで見せつけるような格好で、歩は涙目になった。西条の手を止めなければと自分の手を重ねるが、乳首を弄られるのが気持ちよくて、ただ重ねているだけにすぎない。

「いいじゃん。見せてやろうぜ。乳首だけでお前が感じてるとこ」

西条は歩の耳朶に息を吹きかけ、両方の乳首をぎゅーっと引っ張る。ずきりと腰に疼きが走り、歩は息を喘がせた。まだ乳首しか弄られていないのに、ズボンの股間が盛り上がっている。

「あっ、あっ」

乳首を弾かれたり、引っ張られたりされて、甘い声がこぼれる。歩はとろんとした目で西条にもたれかかった。雨音で自分の喘ぎ声が消されていくのにホッとする。

「乳首コリコリだな……、ここすげぇ感度よくなった」

歩の乳首を摘まみ上げ、西条が艶っぽい笑みを浮かべる。歩はもじもじと腰を動かした。乳首への愛撫だけでも感じるが、もっと深い奥への刺激が欲しくなった。こんな場所で恥ずかしいと思うが、西条の愛情を受けた身体は、これだけでは我慢できなくなっている。

「西条君……っ、お……尻も、弄ってほしい……」

歩は真っ赤になって囁(ささや)いた。とっくに膨らんでいる下腹部は、もっと強い快感を望んでいる。昔は性器への刺激が一番感じたのに、西条に何度も犯され、身体の奥への刺激が欲しくてたまらなくなっているのだ。

「こんなとこで？」

西条に意地悪く言われ、歩は手で顔を覆った。

「意地悪しないでよ……」

ここまで身体を熱くしておいて、西条は意地悪だ。歩のそんな呟きに、西条が笑いながら歩のズボンのベルトを外した。

弛(ゆる)んだズボンを下ろされると、下着が形を変えているのが嫌でも目に入った。西条はわざと下着をゆっくり下ろし、中から勃起した性器を取り出す。

「舐(な)めて」

先ほどまで乳首を弄っていた指が歩の口内に突っ込まれる。西条の長くて節くれだった指を歩はしゃぶった。西条は濡れた指を、歩の尻のすぼみに差し込む。

「ん……っ」

西条の指が内部に入ってきて、歩はぶるりと身体をくねらせた。西条は焦(じ)らすことなく、入れた指先で歩の性器の裏側を探った。指先で内壁を擦られ、びりっと電流みたいに快感が走った。

「あ……っ、あ、あ……っ」

西条の指で感じる場所を擦られ、歩は鼻にかかった声を上げた。指先でぐーっと押され、脳天まで気持ちよさが突き抜ける。

「ひゃっ、ああ……っ、あっ」

奥をぐいぐい押され、そのたびに背筋に震えが走る。腰から下に力が入らなくなり、性器から先走りの汁があふれ出す。全身が甘くなって、西条の指先の動きで陸に上がった魚みたいに跳ねてしまう。

「き、気持ちいい……、あっ、あっ、やぁ……っ」

西条の腕の中でひくひくと四肢を震わせ、歩は西条の唇を求めた。西条が顔をずらして歩の唇に舌を這わせる。歩は夢中で西条の唇を吸った。ここがどこだかもうどうでもよくなり、ひたすら快感を追う。かろうじて引っかかっていた下着やズボンが、どんどん足首に溜まっていく。

「うう……」

西条の指が増えて、尻の穴が広げられる。西条の愛撫に親しんだ身体は、すぐに柔らかく解けていく。夜風が肌に当たって冷たいが、身体の奥から染み渡る熱がかき消す。

「エロい身体だな……」

西条は歩の唇を舐めながら潜めた声で笑う。尖った乳首を空いた手で摘まれ、ひくりと腰

「誰か来たら、お前のこんないやらしい身体がモロ見えだ」

西条に揶揄(やゆ)され、歩は羞恥心で息が荒くなった。西条の手が足首に溜まっていた下着とズボンを抜き取ると、全開したシャツを着ているだけの状態になった。

「本当は誰かに見せたいんじゃねーのか？　乳首とケツだけでこんな感じる身体をさ」

西条の舌が耳朶の穴に差し込まれる。歩は慌てて潤んだ目で首を振った。

「ち、違う、よ……、ひっ、やぁ……っ」

歩が否定すると、おしおきのように深い奥に入れた指をぐちゃぐちゃとかき混ぜられる。いつの間にか三本目の指が入ってきて、内部を蹂躙(じゅうりん)している。

「嘘つけ。もうイきそうじゃねーか……」

西条が甘い吐息を吹きかけ、奥に入れた指で喘ぎ声の出る場所を激しく擦る。急速に熱が上がり、歩は息を荒らげて仰け反った。西条の指の動きに合わせて、性器の先端から精液が噴き出す。止めなきゃと思うが、快楽に抗(あらが)えなくて、白濁した液体が胸や腹に飛び散る。

「あ……っ、はぁ……っ、はぁ……っ」

あっという間に達してしまったことに衝撃を感じ、歩は呼吸を繰り返した。だらんとした身体を西条に預ける。

「嘘……、やだ……」

まだ射精するタイミングではなかったはずなのに、コントロールを失って身体が勝手に暴走している。性器には指一本触れていなかったのに。

「お前、ケツを弄るとすぐイくな……。すげー興奮する」

西条が腰をぐっと押しつけて囁く。西条の腰のモノが硬くなっているのを感じ、歩も興奮した。指でも達してしまう身体になったが、やはり西条の熱くて硬くて長いモノが欲しい。

「西条君……」

歩ははぁはぁと息を喘がせ、西条の首にしがみついた。西条が中に入れた指を抜き取り、歩の頬を摘まむ。

「んん……っ、ん、はぁ……っ」

西条が貪るように歩の唇に食らいつく。舐められたり吸われたりして、互いの唾液で口元が濡れる。西条は熱い吐息をこぼしつつ、ズボンの前を弛めた。

「そこに四つん這いになれよ」

西条に体勢を変えられ、板敷に四肢をつけた。西条の性器はとっくに硬度を持っていて、それをゆっくりと歩の弛んだ尻の穴に押しつける。

「入れるぞ」

西条の低い声の後、質量のあるものが体内に入ってきた。狭い穴を広げられ、腰の辺りが甘美に震える。西条の性器は強い力で押し込まれた。先端の張った部分がずるりと内壁を擦っていく。その衝撃に歩は息も絶え絶えになった。

「あああ……っ、はぁ……っ、はぁ……っ」

どくどくという鼓動がどちらのものか分からなくなる。西条の性器は一気に深い奥まで入り込んできた。身体の奥を熱いモノで目いっぱい広げられる感覚。歩は肘を突いていられなくなって、板敷に頬を擦りつけた。

「やぁ……っ、やぁ……っ、あー……っ」

繋がった場所から快感が滲み出てくる。歩は甲高い声を上げて、内ももをひくつかせた。感じすぎて頭がくらくらした。さっき出したばかりなのに、また絶頂に達しそうだ。

「はぁ……っ、すっげ気持ちいい……」

西条は歩の中に入れた性器を軽く揺さぶり、吐息を吐き出した。

「中、熱い……。もうこんなひくつかせてんのかよ。動かさなくてもイイくらい」

西条が笑いながら歩の尻をぴしゃりと叩く。そんな刺激にすら感じて、歩は「ああっ」と甘い声を上げた。

「ゴムねーから、中に出していい……？」

小刻みに律動を始め、西条が上擦った声を出す。西条の精液を注がれた記憶がフラッシュバックし、歩は思わず銜え込んだ性器をぎゅーっと締めつけた。

「……っ、やべぇ、イきそうになった……。なんか思い出しただろ、お前」

西条が熱い息を吐き出しながら、スライドを深くして言う。歩は甘ったるい声を上げて、腰をくねらせた。

「だって……、あ……っ、あ……っ、んぅ……っ」

西条が性器を押し込むたびに、声が引き攣れてしまう。内壁を熱いモノで擦られ、どんどん熱が上昇していく。

「すげぇ濡れてる……」

腰を突き上げながら、西条が囁く。快楽にぼうっとしていたが、板敷に歩の性器から垂れた汁が溜まっていた。恥ずかしくて申し訳なくて自分の性器を手で押さえる。このままでは精液で本殿を汚してしまう。出しちゃ駄目だと快感を逃がそうとするが、後ろから西条が突き上げるたびに嬌声(きょうせい)が続く。

「がんばっておもらししないようにしろよ」

西条にからかわれ、歩は前のめりになった。せめて自分の服で精液を受け止めようと、近くに放られていたズボンを取ろうとしたのだ。それを逃げると勘違いしたのか、西条が腰を抱え直して、激しく突き上げ始める。

「ひぁ……っ、ああ……っ、やぁ……っ」

壊れるのではと思うくらい深い奥に性器を突き立てられて、歩は仰け反って声を上げた。西条が律動するたびに、肉を打つ音が響き渡る。絶え間なく快楽の火を投げ込まれるようで、歩は内部を収縮させた。

「待って、もっとゆっくり……っ、やぁ……っ、あああ……っ」

歩の制止は耳に入らない様子で、西条が腰を穿(うが)つ。内部で西条の性器が大きくなっていく。快楽の波の間隔がどんどん狭まり、とうとう耐えきれなくなって、歩は大きな快楽の波に流された。

「ひあああ……っ‼」

押さえていた手に精液が漏れてくる。歩が射精しているのにお構いなしで、西条が深い奥に性器を突き立てる。

「出す、ぞ……っ」

西条が背中にのしかかってきて、低い声で吐き出す。言葉通り、歩の中に熱くてどろっとした液体が注ぎ込まれてきた。その感触にまた歩は感じてしまい、獣のように激しく息を吐いた。西条に犯されているという被虐的な気持ちが、より一層快楽を深くする。性器を押さえている指先から精液がこぼれていくのを感じ、歩はくらくらした。

「ひ……っ、は……っ、はぁ……っ、あ……っ」

腰をひくつかせ、歩は西条の性器を締めつけた。勝手に内部が蠢いて、中にいる西条の性器を締めつけてしまう。その感触に西条も気持ちよさそうな息を出す。

「はぁ……、あー気持ちよかった」

西条はしばらくして息が落ち着くと、ずるりと性器を抜き出した。それに伴い、ぬるりとした液体が尻のすぼみから腿へと垂れていく。

「野外って興奮するな」

西条はぐったりしている歩を板敷に寝かせると、両方の足を持ち上げた。歩はまだはぁはぁしていて、嬉々として足を持つ西条を見上げた。

「何……、ん……っ」

両方の足を胸に押しつけられ、尻の穴や性器が丸見えの格好にされた。歩が戸惑っていると、西条が濡れた尻の穴に指を入れる。

「俺が出したの、こぼれないようにしろよ」

西条は何を考えているのか、恍惚とした表情で歩のあられもない姿を見ている。

「さ、西条、く……、んっ、やぁ……っ」

西条の指が穴に差し込まれ、歩は足をばたつかせた。西条は指で内壁をかき混ぜる。西条が出した精液のせいで、指を動かすと濡れた卑猥な音を立てる。

「ひん……っ、ひ……っ、ひゃぁ……っ」

達したばかりの敏感な内部を指でぐちゃぐちゃにされ、歩は甲高い声を上げた。

「こんなところをどろどろにされてるお前見ると……ぞくぞくする」

西条は歩の尻に甘く齧りつき、指先で内壁を弄る。弛んだ穴に指を出し入れされて、歩は真っ赤になって唇を噛んだ。

「もっかいできそう。入れていい？」

歩の答えを待たずに、西条は性器を扱き上げ、再び歩の中に入れてきた。ぬるついた内部に西条の性器が潜り込んでくる。

「はは……、すげーぬるぬる」

西条は歩の両方の足を広げ、膝の裏に手を差し込んだ。そしてゆっくりとした動きで、腰を動かす。

「あ……っ、あ……っ、はぁ……っ」

ぐちゃぐちゃと内部を擦られ、歩は泣き声に似た声で呻いた。徐々に西条の動きが速くなり、一番深い奥をとんとんと突いてくる。

「ひ……っ、やぁ……っ、あー……っ、あー……っ」

西条に身体を揺さぶられ、どろどろに身体が溶けていくようだった。ぼうっとして何も考えられず、喘ぐことしかできない。全身が敏感になっていて、西条がたわむれに乳首を弾くと、びくんと腰が跳ねてしまう。

「泡立ってきた」

西条が面白そうに繋がっている場所を指でなぞる。精液が内部でかき混ぜられて、あふれてきたのだ。

「ぐちゃぐちゃになってるお前を見ると、何度でもヤれそうだ」

西条は歩の腹に飛び散った精液を指で引き伸ばして唇の端を吊り上げた。西条がいやらしいことを言うと、尻の奥がひくひくする。

「んん……っ、あう、あっ、あっ、あっ」

西条が歩の乳首に精液を塗りたくる。ぬるぬるの乳首を指先で弾かれて、口から甘い声が漏れる。背中が板敷でつらいはずなのに、全身が西条から与えられる感覚に支配されている。

「すごいな、もっていかれそうだ」

乳首を刺激されて、銜え込んだ奥を絞めつけていたらしい。西条が熱い息を吐き出して、歩の背中に手を差し込む。

繋がった状態で身体を起こされ、西条と座位で抱き合う形になった。そうすると深い奥まで西条の性器に犯される。少し動いただけで喘ぎ声が漏れ、自分の吐く息でうるさいほどだった。

「西条く、ん……っ、気持ちい……っ」

繋がった状態で腰を回すように動かされ、歩はひっきりなしに喘いだ。ここがどこだかも忘れ、ひたすら快楽に没頭した。雨は相変わらず激しいのに、寒さを感じない。自分の身体も西条の身体も熱くて、眩暈がした。

「またイく……っ、イっちゃうよ……ぉ」

断続的に奥を突かれ、歩は生理的な涙を流してかすれた声を上げた。

激しく揺さぶられ、性器の裏側をゴリゴリ擦られる。身体中が過敏になって、どこを触られても感じた。

「ああ、すげぇ中がうねってる……っ」

奥を突き上げながら西条が言う。西条が感じているのを見て、歩も脳が痺れた。互いに荒い息遣いで、繋がった場所をかき混ぜる。座位のせいか内部に出された精液が銜え込んだ奥から滲み出てきた。

「あ……っ、ひあ……っ、あ、や、ぁああ……っ」

深い奥を絶え間なく突き上げられ、歩は獣じみた息を吐きながら身を仰け反らせた。大きな絶頂が訪れ、つま先から脳天まで快楽が突き抜ける。

「ひあああ……っ‼」

大きな嬌声を上げて、歩はまた射精した。三度目なので薄くて量も少なかったが、失神しそうなほどの快楽に包まれて全身から力が抜けた。

「ああ、すげぇ……、く……っ」

身体に力が入らないのに、銜え込んだ西条の性器だけをきつく締めつけている。身体が勝手に動いている。歩はびくびくと痙攣しながら、甲高い声を上げた。西条の性器が内部で膨れ上がり、再び中に精を吐き出される。

「う、っく……、はぁ……っ、はぁ……っ」

西条は腰を軽く揺さぶりつつ、精液を吐き出してきた。倒れそうになる歩の腰を支え、興奮した息遣いで抱きしめる。

「あー……超気持ちいー……」

西条のうっとりした声を聞きつつ、歩は肩を上下して呼吸を繰り返した。

夜中とはいえ野外で事に及んでしまい、歩はいたたまれない気持ちだったが、西条はすっきりして「またやろう」などとのたまっている。歩をふつうじゃないというが、西条こそ常識が欠けていると思う。塾の講師というモラルが大事な職についているわりに、人目を気にしなさすぎる。

「もう……ひどいよ、西条君」

汚れた衣服を身にまとい、歩はうつむいて文句を言った。ようやく小雨になり、止む気配を見せている。

「垂れてくる？」

西条はニヤニヤして歩の尻を撫でる。その刺激にすら反応してしまい、歩は真っ赤になった。西条が二度も中で出したから、時々下着に精液が垂れてくるのが分かるのだ。ハンカチで拭ったが、奥まで綺麗にできなかった。

「そういうお前を見てるとまた興奮するんだよな」

西条は歩の文句など耳に入らない様子で好き放題に言っている。下腹部に力を入れていると、わざとシャツの上からまだ尖っている乳首を弄ってくるし、西条といると自分がどんどんいやらしい身体になっていくのが困る。

「雨止んだから、行こうよ」

これ以上ここにいたらまた変な雰囲気になりそうで、歩は西条の背中を押した。地面はぬかるんでいるが、雨は止んだようだ。神社の神様に無礼をお詫びし、そそくさと神社を去った。

結局公衆電話はなかったし、人もいなかった。

「学校……行ってみるか？」

神社を出た西条が、ぼそりと呟いた。

「えっ、でもさっき……」

歩はびっくりした。奇妙な状況になっているが、見ないふりをして先に進むものと思っていた。

「ちょっと気になるっつーか、後からもやもやするの嫌だし」

西条は得体の知れない状況を確認することに決めたようだ。西条が嫌じゃないなら歩も確かめたかった。まったく別の場所にいたのに、どうして自分たちが通っていた中学校が現れるのか。

　暗くて不気味だったが、ペンライトを頼りに森を突っ切った。あの時の肝試しと同じだ。あの夜は、歩は怖くて西条の背中に張りついていた。今日はへっぴり腰ながら西条と並んで歩いている。神社から蛇行している一本道があって、道に迷う心配はなかった。やっぱり知っている道に思える。

「マジか……」

　森を抜けて学校が見えてくると、西条が呆気に取られて立ち止まった。

　校舎の正門に学校名が書かれていたのだが、歩たちが通っていた学校名だったのだ。夜中なので校舎やグラウンドにはひと気がなく、寂しく不気味な雰囲気だ。歩も驚いていたが、西条の驚愕ぶりははるかに上回っていた。動揺をまぎらわすためか、煙草を取り出したのだが、なかなかライターの火がつかない。ふと見ると、西条の指が震えていた。

「西条君……」

　西条の動揺ぶりに歩は心配になり、火をつけようとする手を握った。西条がハッとした様子で歩を見る。

「お前、知らないのか？」

　険しい形相で聞かれ、歩は目をぱちくりした。

「何が？　なんでこんなとこに出たか分からないけど……」

「違う。俺たちが通ってた中学、もうないんだぞ」

一瞬何を言われたか分からず、歩はきょとんとした。

「子どもが少なくなったとかで、取り壊されたんだ。あるはずないんだよ、俺たちの中学校が」

西条の真剣な顔つきに歩は息を呑んだ。歩は知らなかったが、区画整理とかで中学校は取り壊されたらしい。二、三年前のできごとだと西条は語った。

では、ここにある学校は一体――。

「俺たち、ミステリーゾーンに入っちゃったみたいだね」

歩は正門に近づき、途方に暮れた。ナビがおかしくなった頃から変だとは思っていたが、本格的にやばくなったらしい。このままでは自分たちの世界に戻れるか心配だ。

「さすがの西条君も、この異常事態を受け入れるしかないよね」

歩が目を輝かせて言うと、西条が不気味そうに身を引いた。

「お前、何喜んでんの？　まさかお前がしたことじゃねーだろうな」

うろんな眼差しで見られ、歩は「ちっ、違うよ！」と必死で否定した。身に覚えのない罪を着せられそうだ。歩としては現実主義の西条が少しでもこういう不思議な世界を受け入れてくれたらいいなと思っただけなのに。

「……入ってみるか？」

校舎を睨みつけながら、西条が言う。

「ええっ⁉　本気で言ってるの⁉　怖くないの？」

歩は驚いて目を見開いた。現実にはない学校に入るなんて、そのまま戻ってこられなくなる可能性だってある。

「毒を喰らわば……って言うだろ」

西条は気負った様子もなくすたすたと正門を入っていった。西条のこういう度胸があるところは純粋にすごいと思う。現実主義者だから怖い想像などしないのかもしれない。

正門の左側に入り口があり、下駄箱が並んでいた。記憶におぼろげに残っているものと重なるが、思ったよりも下駄箱が低くて、変な感じがした。西条は靴のまま上がり込み、廊下を歩きだす。職員室や用務員室、掲示板やトイレを見ていたら、なつかしくて記憶が蘇ってきた。歩は中学三年生の途中で霊能力が戻ってきて、ふつうの生活を送れなくなった。学校には無数の霊が蠢いていて、生きている人間と区別がつかなくなったのだ。卒業式も出られず、いい思い出はあまりない。

「俺たちのクラスだな……」

西条が廊下をまっすぐ進み、一つの教室の前で止まる。歩は懐かしさに目を細めた。いい思い出がほとんどない中学校だが、西条と知り合えたことだけは運命に感謝している。こんなに幸せな時間を送ることができるなんて、あの頃は夢にも思わなかった。

西条は教室のドアを開け、中に足を踏み入れた。

「こんな小さかったっけか？」

西条は机や椅子を見下ろし、意外そうに呟く。

「俺たちが大きくなったんだよ」

歩も中に入り、きょろきょろと教室内を見回した。黒板や教壇、壁の時計、グラウンドに向けられた窓、市松模様の床、あの頃のままだ。歩は自分が座っていた席を見つけ、腰を下ろした。

「西条君も座って」

歩がにこにこして言うと、西条が面倒そうに前の席に座った。だらっとした座り方はあの頃と同じで、既視感を覚えた。胸がいっぱいになって、泣きそうになったくらいだ。あの頃は気軽に声などかけられなくて、しゃべるたびにドキドキして胸が苦しかった。

西条が振り返って歩を見つめる。

「……とりあえず、記念に教室でもヤっとくか？」

即物的な台詞（せりふ）に歩は机に突っ伏した。しんみりと昔の思い出に浸っていたのに。

「西条君！　台無しだよ！」

真っ赤になって西条の背中をポカポカ殴ると、うざったそうに西条が避（よ）ける。

「何、しんみりしてんだ。言っとくけど、俺は一ミリもそういう感情湧かねぇから。ろくな記憶ねーし」

西条は頬杖をついて呟く。

「それよりどうしてこんなとこに迷い込んだのか、検討しようぜ。家を出る時まではふつうだったよな？　ナビがおかしくなったのってどっからだ？　お前、何か変なことしなかったろうな？」

西条に聞かれ、歩は今日の記憶を辿ってみた。レンタカーを借りて出発した時はどこにも異変はなかったと歩も思う。

「俺は何もしてないよ。途中でコンビニに寄ったとこまではいつも通りだったよね。どこかおかしいなって思ったのは……五差路過ぎた辺りかなぁ」

思い返してみて、ほんの少し違和感を覚えたのは、五差路を過ぎた後の街並みだ。やけにぼやけて見えたのだ。霧でも出ているのだろうかと思ったくらい、視界が曇っていた。

「けっこう早い段階じゃねーか。そういうことは早く言え」

西条にぎろりと睨まれた。

「学校に入ったら、何か起こるかと思ったけど、何も起きねーな……」

西条は窓の外に目をやり、ため息をこぼす。西条の言う通り、特に変わったことは起きない。

「おい、お前。こんな時くらい役に立て。この異常事態の理由、分かんないか？」

西条に頭を小突かれて、歩は目を閉じてこの場に霊がいないか探ってみた。霊がいればここがどこかとか聞けるかもしれないと思ったのだ。けれど、どういうわけかさっぱり視えないし、感じない。学校といえば霊がいるものなのに、一体も見つからない。やはり今日は体調が悪いのかもしれない。

「駄目だぁ。分かんないよ……」

歩が諦めて頭をぐしゃぐしゃすると、西条が唸り声を上げた。

「マジか……、俺たちここにずっといることになるのか」

車はガス欠だし、あるはずのない学校は建ってるし、ここがどこだか分からない。ナビに記されたガソリンスタンドを目指していくしか今のところやることがない。

「俺たち、帰れるのかなぁ……」

ここにきて急に不安になり、歩は机に突っ伏した。家では飼い猫のタクが帰りを待っている。エサはたくさん置いてきたのでしばらくは平気だろうが、何日も帰れなかったらまずい。

「まぁ……でも、お前と一緒でよかったよ」

西条が教室の隅をぼんやり眺めながら囁く。

「え？」

歩は顔を上げて西条の整った横顔を見つめた。

「変な世界にまぎれこんでもさ……、お前がいるなら別にいっか、って」

西条は何の気なしにその言葉を口にしたようだが、聞いていた歩は耳まで赤くなるくらい顔が熱くなった。どんな場所でも自分がいればいいなんて、究極の愛の言葉だ。嬉しくて、胸がいっぱいになって、全身の血が沸騰しそうだ。

「嬉しいよーっ‼」

とてもじっと座っていられず、歩は椅子を蹴って立ち上がり、西条に抱きついた。西条がぎょっとして、目を丸くする。

「俺も西条君と一緒なら、どこだって大丈夫だよ！　西条君、大好き！」

歩がはしゃいで叫ぶと、西条は引き攣った顔で固まっている。

「お、おう……」

ぎゅうぎゅうと抱きつくと、歩のテンションに引きまくっている西条の呟きが聞こえる。どこにいても西条となら楽しいが、それでもやはり自分の世界に戻りたい。歩はふと違和感を覚えた五差路のことを思いだした。

「そういえば、西条君。五差路で機嫌悪くなったよね。何か、危険なことが起きたような……？」

脳裏に西条の舌打ちする映像が浮かぶ。運転中の西条が「あぶねーな」と文句を言った記憶が蘇った……。

「あれ、お前」

ふと西条が眉を顰め、歩の前髪をかき上げる。

「こんなとこ、いつ怪我(けが)した？　血が出てるぞ」

西条の指が歩の額に触れる。ぴりっとした痛みが走り、歩はハッとした。暴走している車が横から飛び出してきた映像がフラッシュバックしたのだ。その刹那――周囲の景色が音を立てて崩れていった。

歩はびっくりして西条に抱きついたまま、砂のように崩れていく教室を見つめた。壁が崩れ、机が溶けていき、床が消えていく。浮遊感と、眩暈――。

「な、な……」

歩は西条と抱き合った状態で、深い底へ落ちていった。西条が必死になって歩を摑(つか)んでいる。どこまでも落ちていく感覚。下へ、下へと――。

叫ぶこともできなかった。

歩はこの手を放すまいと西条の手を握りしめた。


目が覚めた時、歩は西条と病院にいた。

当時の記憶がぽっかりと抜けているのだが、歩たちが乗っていた車は事故に遭った。五差路のところで信号無視した男性の車が、歩たちの車にぶつかってきたのだ。警察からは飲酒運転だったと聞かされた。

「西条君、俺たち、すごい体験をしたね」

病院の待合室で歩は隣にいる西条に興奮して言った。レンタカーのフロント部分が大破する事故に遭ったにも拘（かかわ）らず、歩と西条は無傷だ。西条が指先を、歩が額を少し切ったくらいで、検査したが脳波にも異常はなかったし、健康そのものだった。

「神社に行って、学校に行ったよね」

長椅子の隣に座っている西条に言うと、むっつりした顔でそっぽを向く。

「夢でな」

西条は認めたくないようで、夢だと言い張っている。互いの無事を確認した後、変な夢を見たと言い出したのは西条のほうだ。ナビが動かなくなって、神社に行ってエッチなことをしたと。通っていた中学校が出てきたと。

「それは夢じゃないよ！」

歩は身を乗り出して自分が体験した世界の話をした。変な世界から出られなくて困っていた時、五差路の事故の記憶が蘇ってこちらに戻ってきたのだ。これが重傷だったら臨死体験というところだが、互いに無傷なので事故の衝撃で、異世界に行ってしまったのだと歩は思っている。こんな不思議な体験を西条とできるなんて、びっくりだ。

「すごいよー、すごいよー。ミステリーゾーンだよー」

歩は興奮してまくしたてるが、西条は現実に戻ったとたん、頑なにそれを否定する。

「いいや夢だ。偶然同じ夢を見ただけだ。大体お前が柄にもなく夜景を見ようなんて言い出したのが悪い。お前の顔が悪い。頭が悪い」

西条はあの世界での体験はすべて夢だという。二人して同じ夢を見るほうが難しいと思うが、絶対に認めてくれない。今も「会計はまだか」と話を逸らそうとしている。

「西条君、そんなこと言って。実は夢じゃないとっておきの証拠があるんだよ」

歩は待合室にいる他の患者に聞かれないよう小声で西条に耳打ちした。うさんくさそうに見やる西条に、そっと打ち明けた。

「俺の下着、汚れてたんだもん……。やっぱりあれは夢じゃないよ」

頬を赤くして囁くと、西条が目を見開く。

トイレに行った時にびっくりした。下着に精液が垂れていたのだ。神社でした行為が本物だと証明するものだ。

「お前、誘ってんのか。病院のトイレでヤるか？」

西条が見当違いの台詞を吐いてくる。

「違うってば！」

肩を抱き寄せられて、歩は真っ赤になって言い返した。この調子ではあの世界で言ってくれた愛の言葉もなかったことにされそうだ。

「俺、しっかり覚えてるからね。俺がいるなら、どんな世界でもいいって言ってくれたよね？」

忘れられたら困るので、歩はことさら強調して言った。西条の頬がうっすら赤くなって、そっぽを向いてしまう。

「それ、ぜってー夢だろ」

頑なに認めようとしない西条に呆れつつ、歩は現実の世界で抱き合える喜びに浸っていた。

キミと見る永遠

部屋が明るくなって歩（あゆむ）は目が覚めた。

気がつくと隣で眠っていた大好きな人が自分を見つめていた。昨夜は次のまとまった休みには泊まりがけの旅行に行こうと計画を立て、あれこれ話しながら眠りについた。十一月も半ばを過ぎ、気温が急激に下がり、肌寒い。けれど恋人と二人で包（くる）まるベッドは、とても温かかった。

「おはよう、歩」

西条（さいじょう）が今日もうっとりするような見目良い顔を歩に向ける。まだ半分寝ぼけていた歩は、もぞもぞと西条にくっつき、目を閉じて「おはよう」と返した。なんだか聞き慣れぬ呼び方をされた気がする。いつも西条は歩のことを「おい」とか「お前」とか呼ぶ。機嫌が悪いと「てめぇ」になり、馬鹿にする時は「この愚図が」だ。

西条の長い指が歩の前髪を掻（か）き上げる。

「今日も可愛（かわい）いな、俺の歩…。お前とこうしていられる時間は俺の至福だよ。眠っている間、お前を見つめていられないのだけが残念だ」

よく響く低い声で囁（ささや）かれ、歩は硬直した。聞いたことのない言葉が耳に入ってきて、一瞬で頭がはっきりした。おそるおそる目を開けて、西条を見つめ返す。西条はきらきらと目を輝かせ、優しく歩に微笑みかけた。

「愛している、歩。お前は俺のすべてだ」

ぞわっと鳥肌が立って、歩は目の前にいる男を凝視した。西条は極上の笑みで歩を見ている。

「……誰ですか？」

思わず顔を引き攣らせて問い返すと、歩は抱きつこうとした西条をすごい勢いで突き飛ばした。一人用のベッドに無理やり二人で寝ていたせいで、西条がベッドから落っこちて床に転がる。激しい音の後に、西条ががばりと起き上がった。

「てめぇ、何しやがる！　危ねぇだろ!!」

いつもの西条が戻ってきて、歩はホッとしてベッドから飛び降りて抱きついた。

「西条君、よかった！　やっぱり憑いてきちゃったんだよ！　だから言ったじゃない、別の道にしようって!!」

大声で叫び、ぎゅうぎゅうと西条を抱きしめる。呆気にとられた顔で西条が硬直し、ベッドから落ちた拍子に打った肩を痛そうに撫でた。

天野歩は西条希一という男性と一緒に暮らしている。

西条は塾講師をやっていて、長身でスタイルもよく顔は美形という、自分と全く違うタイプの男だ。歩は中学しか出ていないし、顔は凡庸、よくもっさりしていると言われる地味な男で、勤め先もコンビニだ。西条と歩いていると、とても友達になりそうにない二人だとよく言われる。それもそのはず、西条と知り合ったのは遠い昔で、同じクラスになった中学三年生の時だ。

歩の父親は霊媒師の仕事をしていて、歩も小さい頃から霊能力を持っていた。中学に上がる頃には薄れていた能力だが、西条に会って、彼の背負っている大きな影に引きずられるようにして能力を取り戻した。

人ならざる者や死者を視(み)ることができる歩は、普通の生活を送ることが困難になり、父の指導の下、その能力をコントロールできるようにした。今では人込みを歩いていても憑依(ひょうい)されることは少なくなり、人並みの生活を送れている。歩は憑依体質なので、ふさぎ込んだり暗い気分になったりすると、すぐ悪霊に身体(からだ)を乗っ取られて性格が変わってしまうため、父からは日々明るく過ごせと言われている。父は未(いま)だにコンビニでバイトしかしていない歩に対して、折を見ては修行をして一人前の霊媒師になれと勧めてくる。それに関してはもう少し待ってくれと逃げ回っている日々だ。

能力を取り戻すきっかけとなった西条とは二十四歳になった頃に再会した。大人になり、彼への恋心を自覚した歩は、西条の背負う黒い影を消すのに奔走した。紆余(うよ)曲折あって西条と結ばれ、男同士という葛藤(かっとう)もあるが、二十五歳の今では同じマンションで暮らすまでに至っている。関係は良好だ。ただ一つ、西条は霊能力や心霊といったものに対して、ひどいアレルギーがあり、絶対にその力を認めてくれない。

　遠出をして紅葉を見てきた帰りもそうだった。

「西条君、その道はよくないよ。遠回りだけど、トンネルを使わない道にしようよ」

　助手席に座っていた歩は、薄暗くなってきた帰り道で必死に頼んだ。西条が使おうとしている道の途中に長いトンネルがあり、そこは心霊スポットとして有名な場所だった。行きはまだ日も高かったのでどうにかやり過ごせたが、すっかり日の落ちた今は、霊たちが活発な時間帯になっている。わざわざ危険な道を通ることはないと歩がお願いしているにも拘(かかわ)らず、そういったものに懐疑的な西条は鼻で笑い飛ばした。

「何、言ってやがる。わざわざ遠回りするなんて時間の無駄だろ。お前は本当に臆病だな」

　西条はレンタカーのハンドルを握って歩の願いを却下した。西条はこと心霊に関しては絶対に認めるものかという反発心がもたげてしまうので、もっと違う言い方をしないと逆効果なのだ。霊がいる、などと言ったものだから、そんなものはいないと証明するためにも西条は意固地になってその道を選んだ。

　案の定トンネルを抜け出た辺りで、トラブルが発生した。西条が急に路肩に車を寄せて渋い顔になったのだ。

「……なんか、超ねみぃ」

御守

西条はあくびを連発し、しきりに目を擦った。

「このまま運転すると事故るから、少し寝かせてくれ」

そう言うなり、西条はぱたりと眠ってしまった。焦ったのはこちらだ。肩を揺らして名前を呼ぶが、すっかり寝入っている西条には通じない。

「もう西条君、だから言ったのに…っ」

歩は周囲をびくびくと見回しながら呟いた。歩は霊媒体質なのでこういった場所に長居するのはよくない。油断すると変な霊が自分の中に入り込むので、それを阻止するのが大変なのだ。父からもらったお守りを強く握りしめ、助手席で気を張って西条が起きるのを待つ。本当は自分で運転できればいいのだろうが、歩は免許を持っていない。

三十分ほどしてようやく西条が眠りから覚め、こきこきと肩を鳴らした。その間一台も車が通らなかったのが不気味だった。

「あーなんかだりぃな…。変な夢見るし…。さて帰るか」

大きく伸びをして、西条がやっと車を出してくれる。トンネルが遠ざかり、歩は安堵して肩から力を抜いた。父のお守りのおかげか、変な霊は歩にちょっかいをかけてこなかった。振り返るとトンネルの周囲にもやがかかっていて、やはりちょっとした霊の社交場になっているなと青ざめた。トンネルもそうだが、空気が澱んだ場所は霊がいつきやすい。

何事もなくてよかったと歩は助手席で胸を撫で下ろした。

だがそれはとんでもない勘違いだと翌朝知ったのだ。

目覚めた西条が歩に甘い言葉を吐いたのは、あきらかに霊が西条に憑依しているせいだ。

よく狐憑きという言葉があるが、霊に憑依されると元の人格とはかけ離れた行動に出ることがある。

西条はクールというか歩との同棲を始めて一年半経つというのに、未だに甘い言葉をめったに言ってくれない。歩が誕生日の時にかろうじて言ってくれたのが最後で、あれっきりそちらの方面に関しての進展はなしだ。好きだの愛しているだのという言葉は恥ずかしいし、身体中がかゆくなるというのが西条の言い分で、歩としては物足りない思いも抱えている。とはいえ大好きな西条と一緒にいられる毎日は格別で、言葉が足りないのもあまり気にしていなかった。

その西条が目覚めるなり、歩に愛しているとか至福だとか可愛いとか言いだした。これが霊の力でなくてなんだというのか。どう考えてもおかしい。

「はぁ!? 俺が可愛いってお前に言ったのか? 嘘つけ、お前みたいなもっさい奴にそんなの言うわけねぇだろ。至福? 馬鹿言ってんじゃねぇよ。お前は朝から寝ぼけてた、それだけだ」

朝食のクロワッサンをちぎりつつ、西条は当然のごとく歩を笑い飛ばした。西条は歩の話を片っ端から否定して、苺を煮詰めてジャムにしたものをクロワッサンにたっぷりと塗りつけている。西条は甘いものはそれほど得意ではなかったはずだ。やはり今朝はおかしい。

「寝ぼけてないってば。西条君、やっぱり昨日の帰り道に変なもの拾ってきちゃったんだよ。ねぇ、父さんにちょっと視てもらわない？」

「俺は何も拾ってきてねぇっつの」

「じゃあ何でそんなにジャムいっぱい塗ってるの？　西条君、甘いものあんまり好きじゃなかったよね？」

キッチンと向かい合う形のカウンターテーブルに淹れ立てのコーヒーを置き、歩は指摘した。ぐるりと回って西条の隣に座ると、西条は手にしていたクロワッサンに気づき、ぎょっとした顔で硬直した。本人も自分の味覚がおかしいことに気づいたようだ。

「違う、これはあれだ。あー、疲れてる、そう、疲れてるんだ！　疲れてると脳が甘いものを欲しがるって言うだろ。お前みたいなパーと違い、俺はつねに頭を使ってるんだ」

西条はもっともらしい言い訳を見つけ出し、頷きながら咀嚼している。あいかわらず霊関係の話を信じない西条は、上手い言い訳を見つけるのがとても得意だ。

「でも肩こりもひどいんでしょ。霊がとり憑いてるからだよ」

「それは…、いや違う、肩こりがひどいのは、夢の中でお前の親父を肩車したからだ。すげー重いのなんのって。きっと寝ている最中タクが俺の肩に乗っかってて、それが夢に出たんだな、あいつ最近太っただろ」

西条に濡れ衣を着せられて、ソファにうずくまっていた黒猫のタクがにゃーっと鳴いた。何かよくないことを言われたのが分かっているのか、不満げな顔つきだ。黒猫のタクは、西条と仲良くなった事件の最中に拾った虐待されていた猫だ。昔は人見知りが激しくシャイな子だったが、すっかりこの家に慣れ、今では我が物顔で闊歩している。

「西条君…」

西条の言い訳がめちゃくちゃになってきて、つい噴き出してしまった。西条が歩の父親を肩車しているところを想像すると、笑いが堪えきれない。歩の父親は坊主頭のいかつい男なのだ。間違っても西条に肩車など求めないだろう。

「だから決して何も俺に憑いてなどいない。分かったな？」

西条は出て行く間際まで念を押していき、重い肩を叩きながら出社した。

仕事に向かう西条を見送り、歩はため息を吐いた。西条は違うと言い張るが、現に西条の背中に黒っぽい影がゆらゆらと見える。あれは確実に変な霊を連れてきてしまったせいだ。歩も霊媒体質だが、西条も長い間霊を背負っていた男なので、波長が合うと憑きやすい性質なのかもしれない。トンネルにいた時、自分のことばかり心配していたのが仇になった。

（どうにかして父さんのところに連れていって除霊してもらわなきゃなぁ…。でもなんであんな甘ったるい言葉言ったんだろ？）

目覚めた時の西条らしからぬ台詞(せりふ)を思いだし、歩はニヤニヤしながら部屋に戻った。

歩がバイトしているコンビニは、みゆき通りのレンタル屋の隣にある。駅に近いし、レンタル屋から出てきた客がそのまま流れてくることが多く、夕方からの時間もけっこう人が入る。勤め始めてから二年近くになるのだが、とろくさい歩はミスも多く、あまり戦力にはなっていない。人手不足なのでどんなに失敗続きでもクビにはならないだろうが、店長が一緒の時はよく叱責されるので憂鬱だ。我ながら向いていない仕事だとは思っているが、それでも辞めないのは、では他に何ができるか？　と聞かれても何も答えられないからだ。特に取り柄があるわけでもないし、資格もない自分に向いている仕事が見つかるとは思えない。

（トンネル通らなければよかったなぁ。あの時もっと違う言い方すればよかった。せっかく西条君と楽しいデートだったのに、変なおまけがついてくるなんて）

西条にとり憑いた霊について考えていた歩だが、最近バイト先でも困った問題が起きていた。

「レジお願いしまぁーす」

カウンターのほうから声がかかり、品出しをしていた歩は急いでレジに入った。こちらにどうぞと声をかけると、隣のカウンターに並んでいた客が歩のほうへ品物を持ってくる。レジの仕事はコンビニの仕事の中でも一番苦手だ。歩はあまり手際が良くない。金の受け渡しはいいのだが、ビニール袋に品物を入れるのが下手で、もたついてしまうのだ。だから買った商品が少ない客や、袋はいらないと言ってくれる客がありがたい。経営者側からすれば叱責ものだが、もっと客の少ないコンビニで働きたいなぁといつも思っている。

「歩君って不器用ねぇー」

どうにか客がはけた頃、隣のカウンターにいた山本涼音（やまもとしずね）が微笑みかけてきた。はっきりと年は聞いたことはないが、五十歳前後の中年女性だ。若い頃は美人だったらしき面影が残る派手な女性で、先月から同じ店で働き始めた。以前も同系列のコンビニで働いていたことがあり、仕事能力は歩よりはるかに上だ。それはいいのだが、あからさまに歩に対してある種の誘いをかけてくるので困っている。

「ねぇ、今日は空いてる？　飲みに行こうよ、美味（おい）しい店知ってるのよ」

シフトが同じになると、涼音は露骨に歩を見つめてきて誘いをかける。けっこう積極的で、こういった誘いに免疫のない歩はたじたじだ。

「いや、でもあの、夜も遅いし…」

今、店内には雑誌のコーナーにサラリーマンしかいない。歩は視線をうろつかせて断りの文句を懸命に考えた。

「お金もないし…えーっと、それに…」

「いいじゃない、いつもそんなこと言ってぇ。たまにはつき合いなさいよぉ。大丈夫よ、優しくしてあげるから」

涼音はふくよかな身体で歩に迫ってきて、楽しそうに笑う。

時々同じシフトになるバイト仲間の田中（たなか）から、涼音に関しては注意しろと忠告されていた。涼音は若い男の子を食うのが好きだそうだ。涼音には旦那も子どももいるのだが、お構いなしで遊んでいるらしい。偶然田中の友人が涼音が以前働いていたコンビニでバイトをしていて、彼女の恋愛遍歴を教えてくれたという。いかにも童貞っぽい子が好きだそうだから、お前は気をつけろと田中に笑われた。確かに自分は童貞だ。西条とつき合っている限り、女性と経験する日は来ないだろう。

「えっと、俺、その……つき合ってる人がいるんで！」

涼音とシフトが重なるたび誘われていたので、いい加減きちんと返事をせねばと考えていた。歩としては思い切って言ってみたつもりだが、涼音の態度はまったく変わらなかった。

「ふふ。そうやって見栄張りたい気持ち分かるわぁ。いいのよ、嘘つかなくても。あなたの魅力が分かる子がいないのは、皆に見る目がないからよね？」

したり顔で頷かれ、歩は唖然（あぜん）として顔を引き攣らせた。本当に恋人がいるのに、これじゃまるで嘘をついているみたいだ。

「いや、ほんっとにあの…」

「背伸びしなくてもいいのよ。私はあなたのことちゃんと分かってるから」

思わせぶりな目で見つめられ、歩は焦って身を引いた。ちょうどカウンターに客が来て、逃げるようにレジに入る。

こんなふうにぐいぐい迫ってくる人に会ったことがないので、対処法がよく分からない。今夜西条に相談でもしてみようか。

頭の隅でそう考えながら歩は視界から涼音を追いだした。

帰宅した西条は一見いつもと変わりがないようだった。今日は寒かったので鍋にして、二人ではふはふしながら鍋をつついた。西条は鍋の締めは必ずラーメンだ。そういえば飲みに行った帰りにもラーメンを食べていたことがある。もしかしたらラーメンは西条の中で最後に胃袋に落ちる食物にしたいのかも。

「そういえば西条君、俺困ってることがあるんだけど」

残った春菊を鍋に入れながら、歩は職場で迫ってくる中年女性がいるという話をした。西条ならきっとそういう相手の扱いに慣れているだろうし、いい手を考えてくれるのではないかと思ったのだ。それにもしかしたらやきもちを焼いてくれるかもという淡い期待もあった。

西条の反応はシンプルだった。腹を抱えて笑い出し、歩の肩を激しく叩く。

「お前に迫ってくる女？　冗談だろ」

こちらも別の意味で信じてくれない。それほど自分はモテない男だと思われているのだろうか…。歩は鍋に麵を流し込み、ムッとして身を乗り出した。

「冗談じゃないってば、若い男を食ってるって噂の人なんだよ。もう俺どうしていいか分からなくて…」

「そんなの簡単だろ。眼中にねーよって言えばいいじゃん」

あっさりと西条は言うが、そんな失礼なことはさすがに言えない。西条は気のない相手にそんなひどい言葉を叩きつけるのか。

「西条君、もうちょっと断るにしても相手のことを考えてさぁ…」

「うぜぇこと言うな。お前はあれだ、相手のことを考えてるふりして、自分が傷つかないようにしてるだけだ」

ぐさぐさくることを言われ、歩は口をへの字にして黙り込んだ。西条のほうがひどいと歩は思うのだが、言っている内容に少しどきりとする。

「大体お前は他人に嫌われたくない気持ちが強すぎるんだ、それともまさか迫られて喜んでるのか？　おい、浮気したら殺すぞ」

急に西条が物騒な顔つきになって、歩は急いで西条の前にラーメンをよそった器を置いた。

「そんなことしないよ！　西条君じゃあるまいし…」

「俺がいつ浮気した？　人聞きの悪いことを言うな、俺と違ってお前は免疫がないからころっとヤられそうだろ。もし浮気したらマジで殺すからな」

「しないってば！　もう、西条君、俺が好きなのは西条君だけって知ってるでしょ！」

眇めた目つきで見られ、必死になって訂正した。浮気したら本当に殺されそうな目だ。西条はこう見えても情が深い人間なので、どんな理由があっても裏切ったら恐ろしい制裁が待っているだろう。

（あー俺の求めるやきもちとは、百八十度くらいかけはなれてるよー）

歩の頭の中ではもっと可愛らしい掛け合いが描かれていたのだが、実際は物騒な単語が飛び交う話になってしまった。これまでの経験からいって、今夜はベッドで西条にあれこれ責められそうだ。腹を立てている時の西条はひどくしつこくて、なかなかイかせてくれないし、とても口では言えないような意地悪をする。気持ちよくなれても気が重い。

西条の機嫌をどうやって直そうかと考えながら風呂から出ると、意外なことに西条はすでにベッドに入り眠っていた。そういえば帰宅した時、やたらとあくびを連発していた。宵っ張りな西条にしては珍しい。歩は拍子抜けする思いで衣服を着たままベッドに潜っている西条の肩を叩く。

「西条君、パジャマ着ないの？」

着替えるのも面倒なほど眠かったのだろうか。歩の問いかけに西条は口の中で何か呟いて歩をベッドに引きずり込んできた。

「んー…」

眠そうに呟き、西条がまた寝息を立てる。歩は西条に抱え込まれながら、もやもやとつきまとう黒い影を見た。いつも夜遅くまで起きている西条がまだ十時なのに睡眠に負けるとは、やはり背負い込んだ霊のせいかもしれない。ためしに西条から離れるよう言ってみたが、歩の声には反応なしだ。

そのうち離れてくれるだろうか。歩はそう思いつつ、あくびを一つして西条に寄り添った。

目覚まし時計が鳴って目を覚ますと、また西条が自分をじっと見ているのに気づいた。

「ど、どうしたの？　西条君」

肘をついて歩を見つめる西条は、明らかに目つきがいつもと違う。大体西条はこんなふうにうっとりした顔で寝覚めの歩を見つめる男ではない。暮らし始める前から知っていたが、情緒のかけらもない人だ。その西条が優しく歩を見つめ、頬をくすぐる。

「お前の可愛い寝顔を見ていたんだ…。愛してるよ、歩。食べちゃいたいくらい可愛い」

愛しげに囁かれ、歩はあんぐりと口を開けて西条を凝視した。

（ま、またおかしくなってる！　でも…でも…）

西条らしからぬことを囁くのは、どうみても別の人間が憑依しているとしか思えない。すぐ追い出さなければならないのだが…。歩はそろりと西条に身体をくっつけ、期待に目を輝かせた。

「ホント？　俺可愛い？　愛してる？」

霊にとり憑かれているといっても西条の口から甘い言葉が出てくるなんて、めったにないことだ。ついつい魔が差して、歩は言葉をねだってしまった。

「ああ、愛してる…。お前だけを…お前…だけ…」

歩に問われて口を開いた西条が、急にぐらぐらと頭を揺らす。そうかと思うと、いきなり枕に突っ伏した。

「う…」

「西条君⁉」

苦しげな声にびっくりして飛び上がり、西条の背中をさすった。すると、西条が跳ね起きて、真っ赤な顔で歩を突き飛ばす。危うくベッドから落っこちかけた。

「俺、今何か変なこと言わなかったか⁉　悪かった、寝ぼけてたんだ、そう変な夢を見て…っ、今の言葉は忘れろっ、忘れなければ頭を殴って忘れさせてやる！」

西条は自我を取り戻したのか、必死の形相でまくしたててきた。少し残念だが、やはり西条はいつもの西条がいい。

「ほら、やっぱり霊に憑かれちゃってるんだよ。自覚した？」

枕を抱えて起き上がると、歩は取り乱している西条に真面目な顔で告げた。西条は恥ずかしい台詞を臆面もなく言った己に悶え苦しんでいる。

「霊などいない…っ、が、俺の意思で発した言葉ではないのは確かだ…っ。霊……？　いやいや違う、きっと脳の使いすぎで疲れてたんだ。毎日忙しいからな、うん、きっとそうだ…そうとしか考えられない」

顔を手で覆い隠して西条がぶるぶると頭を振っている。そんなにお前だけを愛するという言葉は直面できないフレーズなのか。

「まぁ、俺としては西条君の甘い言葉で目覚めるのはすごく気分いいけどさぁ」

先ほどの西条の愛の言葉を反芻してうっとりして呟くと、突然西条が怖い顔で歩の胸倉を摑む。

「なんなら毎朝お前の首をしめて、健やかな目覚めを与えてやってもいいんだぞ？」

「え、遠慮しますっ」

引き攣った笑いを浮かべ、急いで首を振る。

「クソ…、頭重い…熱っぽい…」

歩のパジャマから手を離し、西条がだるそうな表情でベッドから下りた。冗談を言っている場合ではなく、やはり拾ってきたもののせいで西条は体調を崩している。

「西条君、父さんのところ行こうよ。俺も話してみたけど、後ろの人ぜんぜん話聞いてくれないしさ」

洗面所に向かう西条の後を追いかけ、歩は懸命に説得を試みた。西条はむすっとした顔で歯磨きし、歩に完全に背中を向けている。

「西条君ってば」

鏡越しに話しかけていると、西条が口をゆすいで、くるりとこちらを向く。

「いいか、霊などいない。後ろの人もいない。俺は寝ぼけて変なことを口走った、それだけだ」

頑な口調で断言すると、西条はシャワーを浴びに浴室に消えてしまった。あいかわらず霊を信じない西条は、自分が変な状態になっているのを認めようとしない。困ったものだ。

西条は昔から霊の存在を信じていない。死後の世界も認めないし、不思議な力もないと断言する。これだけ科学が発達した世の中だと、すべての事例は科学で証明できると言う。そろそろ存在くらいは認めてくれてもいいのではないかと思うのだが、西条は認めたら負けだと思っているので何年歩といても霊に関しては心を閉ざしている。

歩の父は霊媒師の仕事をしていて、その霊能力はかなり強い。父に除霊を頼めば、たいていの霊はすぐに追い払ってもらえる。歩としては何か悪いことが起こる前に、手っ取り早く父に除霊を頼みたいのだが…。

浴室から響く水音を耳にし、歩は仕方なく朝食の用意のためにキッチンに向かった。

西条をどうやって説得しようか一日中考えていた歩だが、その日帰宅した西条は、がらりと態度を変えていた。

「明日お前休みだろ？　俺も休みだ。ちょうどいいからお前の親父さんとこ行こうぜ」

ネクタイを弛(ゆる)めながら西条が急(せ)き込むように告げてくる。キッチンに立って揚げ物をしていた歩は、びっくりして背後の西条を振り返った。

「どうしたの？」

出がけにあれほど否定していたくせに、帰ってくるなり意見を変えるとは何かあったに違いない。歩のそんな問いに西条は目を逸(そ)らし、背広を脱いでソファの背もたれにかける。

「いや、別にどうもしない。いつも世話になっているからな、たまには顔を見せて親孝行をしてやるべきだと思ったんだ。ほらお前の母親亡くなってるし、男やもめじゃ寂しいはず」

いかにもとってつけた内容をまくしたてている西条は、どう考えてもおかしい。

「でも俺、先週会ったし。それにいつも父さんはお弟子さんといるから寂しくなんてありませんけど？」

　本音を聞き出すために歩が意地悪く言い返すと、青ざめた顔で西条が振り返った。

「西条君、何かあったの？　やっと後ろの人がいるって認めてくれた？」

　油の入った鍋からさくさくのエビフライを取り上げ、歩はガスコンロの火を止めた。今夜は揚げ物だ。エビフライと、鶏肉にシソとチーズを巻いた物と、さつまいもとシソをからりと揚げた。西条はシソは生では食べてくれないが、揚げ物にすると食べてくれる。手を拭いて一時料理を中断すると、視線を泳がせている西条の横に立つ。

「何か、あったんでしょ？」

　歩はなかなか言いだそうとしない西条に不審げな目を向ける。するとため息を吐き、西条がぐしゃぐしゃと髪を手で掻き乱した。

「生徒を口説いていた」

「は？」

「なんか訳分からねーけど、居残りしてた女子生徒に変な言葉を連発していたんだ。前から君を好きだったとか、君ほど可愛い子はいないとか、――――いや、ちょっと待て！」

　目を吊り上げて西条に迫ると、慌てた様子で西条が両手を上げる。

「違う、生徒に手を出すわけねーだろ‼　それに俺の趣味じゃない子だった…いや、ともかくこの俺に限って、ヤれない相手を口説くことはない、それは確かだ！」

「もう何言ってるか分かんないよっ、浮気したのっ？　やっぱり女の子のほうがいいの？」

「だから濡れ衣だっ」

口説いたというフレーズに反応して、歩は頭に血が上ってソファに置いてあったクッションを摑み、西条を叩き続けた。クッションはすぐに西条に取り上げられ、床に転がってしばらく取っ組み合いの喧嘩になる。もちろん西条のほうが力はずっと上なので、結局床に押さえつけられてしまった。

「…というわけで、俺の意思とは無関係に口が勝手にしゃべりだしたんだよ」

長々と西条の事情を語られ、ようやく歩も西条にとり憑いている霊のせいだと納得ができた。西条いわく、浮気するとしても生徒相手なんて絶対にありえないという。高校生は興味ないし、手を出したらクビになるからだ。けれど霊のせいだろうと何だろうと西条が自分以外の相手に甘い言葉を囁くなんて面白くないに決まっている。納得しても腹立ちは治まらなかった。

「もう西条君、だから言ったじゃない！　別の道にしようって！」

すっかり冷めてしまったエビフライを皿に山盛りにし、歩は声を荒らげて文句を言い続けた。さすがに分が悪いと思ったのか、西条は自分でご飯をよそい、お茶を淹れてくれるサービスつきだ。

「そう怒るなよ、いや俺は霊なんか信じちゃいねーけどな。次に同じことがあったらお前の言うとおり遠回りする」

「絶対だからね」

西条に念を押して携帯電話を取り出して、父に電話をかける。コール二回で父が出た。

「あ、父さん？　明日そっちに行ってもいい？　また西条君が困ったことになって」

『何言ってるんだ、俺は今京都（きょうと）だ。帰るのは正月だぞ』

呆（あき）れたような口調が返ってきて、歩は顔を引き攣らせて固まった。そういえばすっかり忘れていたが、京都の寺に数カ月ほど滞在すると言っていた。

「そんなぁ…また西条君が大変なんだよ。俺じゃ除霊できないから父さんに頼みたかったのに」

歩が事情を打ち明けると、しばらく父が黙り込む。

『うーん、そいつ西条と波長が合うみたいだな。ちょっと面倒な奴だから、あまり関わらないほうがいいんじゃないか。帰ったら視てやる。それまで手を出さないでおけ』

電話越しに霊視をした父が、かったるそうな声で告げる。父くらいのレベルになると、遠く離れていても大体のことは分かるみたいだ。歩だって関わりたくはないが、西条が浮気しそうなのを放っておくわけにもいかない。

「波長が合うって…西条君と全然違う性格っぽいけど？」

『いや、そうでもないぞ。ま、俺のお守りでも渡しておけ。じゃあな』

父はあくびをしながらそう告げると、勝手に電話を切ってしまった。暗い面持ちで受話器を置き、歩は食卓について父の不在を西条に告げた。

「マジかよ…、おいまた変なこと口走ったらどうすりゃいいんだ?」

エビフライに大量のソースをかけながら、西条が絶望的な顔で訴えてくる。毎回思うのだが、どうしてソースをそんなにかけるのだろうか。ソースの味しかしない気がする。

「今日の生徒は冗談だって言ったら納得してくれたけど、中には真面目な子もいるんだぞ。そんな子にあんなうわっついた台詞口にしたら…」

西条は自分が生徒を口説く姿を想像したらしい。鳥肌が立ったのか、しきりに腕を擦っている。

「うーん、とりあえず気を張っていたら乗っ取られることはないと思うけど…。父さんのお守り持ってれば多少マシだと思うよ。前に渡そうとしたら、そんなものいらねーって西条君が言ってた奴」

「お守りか…まぁお守りくらいなら…。つうかお前の力で何とかならないのか? 出てけーとか怒鳴れば出てってくんねーかな?」

西条はばりばりとエビの尻尾まで嚙み砕いて、歩を見る。珍しく不安そうな顔なので、歩も一緒になって顔を顰めた。西条は以前たくさんの霊を背負っていたが、憑依した霊に勝手な行動をされた経験はないので、内心怯えているのだろう。

「除霊は人間に対する説得と同じで、こっちが強くないと聞いてくれないんだよ。俺って押しが弱いから、霊にもなめられちゃうんだ」

困り顔で歩が言うと、妙に納得できたみたいで西条が少し笑う。

「ああ、確かにお前って新聞の勧誘一つでも言いくるめられそうだもんな」

西条の言うとおり歩は訪問販売が苦手だ。霊の説得も苦手だが、人間相手も弱腰でいらないものもいらないとはっきり言えない。さすがに高い布団やいらない教材などは買わないが、訪問販売の人を追い返すまでが一苦労だ。歩に比べて西条はきっぱりと断れるのはいつもすごいと思っている。

「なんで西条君に憑いたのかなぁ…」

漬物を咀嚼しながら歩は不思議に思って呟いた。父は西条と霊の波長が合うと言っていたが、とてもそうは見えない。霊は気の弱い人に憑きやすい傾向もあるが、これに関しても西条はまったく違う。だが以前大量の悪霊を背負っていた時は憑依されることのなかった西条が、今回は違う理由が分かった。霊と波長が合うから引きずられているということなのだろう。そこまで考えて、また最初の疑問に戻る。霊と西条の共通点は何だろう?

西条は山盛りにした揚げ物を次々と胃袋に収めていく。困っているわりに食欲はなくならないらしい。

西条に憑いているものとコンタクトをとれないだろうか。

頼りにしていた父は不在だ。自分が何とかしなくてはならない。あれこれと頭を悩ませながら、歩は食事を続けた。

その夜、歩は西条に憑依している霊と交信できないかと考え、経を唱えたり、霊に話しかけてみたりした。だが肝心の西条が途中で寝てしまい、歩の努力は徒労に終わった。憑依されてから西条はやたらと眠気を催している。仕方なく結界代わりに盛り塩を置いて、歩も眠りについた。

その日は不思議な夢を見た。

歩の目の前にひょろりとした中年男性が現れ、しきりにこちらに来てくれと手招く。ついていくと、いつの間にかあのトンネルの近くにいて、男がガードレールを越えた先に案内する。傾斜になっている深い草木の間を下りていくと、地面が白く光っていて、男が懸命にそこを指さす。両手を合わせて何度も頭を下げ、歩に何か頼みごとをしているようだ。彼にとって大切な物がそこにあるのだろう。

男の顔をじっと見たが、見覚えはない。たれ目の優しげな顔をした五十代前半くらいの男だ。

「西条君にくっついてきちゃった人ですか？」

夢の中で歩が問いかけても返事はない。

だんだん男の輪郭がぼやけてきて、歩も意識が薄らいでいった。

——ハッと目が覚めて起き上がると、隣に眠っている西条が唸り声を上げている。窓の外は明るいからもう朝なのだろう。汗びっしょりでうなされている西条を、歩は揺り起こした。

「うー…。また変な夢見た…」

目覚めさせても西条はだるそうな顔で横たわっている。

「西条君、大丈夫？　どんな夢見たの？」

西条の頭を撫でながら歩が聞くと、無言でじっと見上げてくる。西条はあからさまに言いたくないという顔をしている。仕方なく朝食を作るためにベッドから離れようとしたのだが、何故か西条は歩の手首を摑み、もっと触ってと要求する。

「お前の手、気持ちいい。すっきりする…」

西条にすり寄られてまるで甘えられているみたいでドキドキした。歩が再び西条の髪を撫でると、ほうっと息を吐き、西条が正座した歩の膝の上に頭を乗せてくる。西条に膝枕をしながら、歩は整った顔立ちを眺めた。

「西条君、今日仕事休みなら、あのトンネルもう一回行かない？　俺の夢の中に男の人が出てきて、あそこにあるものを見つけてほしいみたいなんだ」

怒るか、笑われるか、と思って歩が夢の話をすると、意外にも西条はすぐに頷いてくれた。

「ああ、俺もあそこにもう一度行くべきだと思う」

「西条君もそう思うの？」

夢で見たくらいで出かけるなんて、と馬鹿にされると思ったのに、西条はすんなり歩の提案を受け入れる。もしかしたら西条も夢であの男に会ったのだろうか？　気になって何度も問いかけたが、西条は夢の話は言いたくないみたいでだんまりだ。

五分も膝枕をした頃だ、急に西条がしゃんとして起き上がった。

「サンキュ、回復した。よし、行こうぜ。今すぐ」

先ほどまでぐったりしていた人とは思えないほど、西条はすっかりいつもどおりだ。しかも歩にはついていけないくらいの速さで着替えを始める。

「い、今すぐって待ってよ、まだ支度が…」

「俺はレンタカー借りに先に出るから、お前は弁当つくっとけよ」

歩がもたもたしている間に西条は身支度を整え、さっさと家を出て行った。西条は何をやるにしても行動が早く、とろくさい歩は着替え一つも遅れている。しかも弁当もなんて、タクの餌やりもあるし、顔も洗ってないし、やることが山積みだ。

「支度できたか？　まだかよ、とろい！　この愚図が！」

弁当作りに奔走していた時に西条が戻ってきて、支度を終えてない歩を散々ののしってきた。道路に車を停めっぱなしだから、早くしろとせっつかれ、歩は焦っておにぎりをパックに詰め込んだ。

先週訪れた景色を再び見に行くのは変な気分だ。

感動が薄れると思ったが、たかが一週間くらいしか経っていないのに、山の景色は一変していて、紅葉もすっかり終わっていた。曲がりくねった山道を運転する西条の顔は、少し硬い。今日は絶対に眠らないと本人が宣言したとおり、車には睡眠対策の無糖コーヒーやガムやドリンク剤まで用意されていた。

「西条君、本気だね！」

助手席に座った歩が眠気防止のグッズを指さしながら言うと、ハンドルを握っている西条が片方の手で歩の頭を叩く。

「どうして殴るの⁉」

涙目で身を引くと、西条はちらりとこちらを見て唇を歪める。

「なんかイラッとした」

どうやら西条の苛立ちに触れたらしい。せっかく出かける前は膝枕をしてラブラブな感じだったのに、甘い雰囲気は長続きしないようだ。

自宅から三時間かけてあのトンネルの近くまで来ると、西条は道幅が広がった場所で車を停めた。歩は車から降りて周囲を見渡し、ガードレールを乗り越えた。ガードレールの向こう側は急な斜面になっていて、気をつけないと転がり落ちてしまいそうだ。

「おい…、そっち行くのか」

車のボンネットに手をかけていた西条が、嫌そうな顔で声をかけてきた。

「うん、そんなに下まで行かないと思う。この辺だと思うんだけどなぁ」

歩はきょろきょろと首を振り、藪の中へ入って行った。西条は来たくなかったようだが、歩がどんどん進んでしまうので待っているのが嫌だったのか、しかめっ面でついてきた。歩は小さい頃からわりと山道は慣れていて、よく父と山菜採りに来たこともある。だからこういった傾斜も慣れたものだが、西条は都会っ子なので危なっかしい足取りだった。

「西条君、大丈夫？」

革靴で歩く西条をはらはらして見守りながら尋ねると、徐々に要領を得てきたのか足を踏ん張って頷く。

「お前一人にやらせるわけにはいかねーだろ…」

西条は何か思うところがあるのか、沈痛な面持ちだ。不思議に思いながらも、歩は夢の中で見た風景と一致する場所を捜し続けた。

「あ。あれ、なんだろ？」

茂みの間に黒いポーチが見えて、歩は声を上げた。すると少し離れて後ろを歩いていた西条が、顔を歪ませて携帯電話を取り出す。

「いつでも警察に電話するぞ」

「警察？」

西条が何を言っているか分からず首をかしげ、歩は滑るように斜面を下りて黒いポーチを手に取った。腰に巻くタイプのものだ。

「あった、きっとこれだよ。あの人、これを見つけてほしかったんじゃないかな」

歩が嬉々として黒いポーチを振りかざすと、背後の西条が拍子抜けした顔で瞬きした。

「何だよ、バッグか…俺はてっきり…」

西条はもごもごと口の中で何事か呟いている。よく分からなかったが、後で聞けばいいと思い、歩はポーチを持って斜面を戻り始めた。西条と共に転ばないように気を遣いつつ、再び車に戻る。

「はー疲れたね」

助手席に腰を下ろし、見つけた黒いポーチの中を探った。運転席に座った西条は、どこか面倒そうな顔で中身を調べる歩を見ている。

「あ、この人だ」

ポーチの中には運転免許証が入っていて、写真の男は夢で見た人だ。横から覗き込んだ西条が、歩の手から免許証を奪う。

「俺より二十歳も上じゃねーかよ…」

たれ目の男の生年月日を見て西条はぶつぶつ文句を言っている。運転免許証の他にはティッシュやハンカチ、キーケースくらいしか入ってない。

「あの人、自分が誰だか教えたかったのかな？」

「そんじゃ飯食った後、こいつの家に行こうぜ。住所は分かってるんだし」

西条はナビシステムに住所を打ち込んで、次の行動を決めている。その人の家に行くということまでは考えていなかった歩は、びっくりして西条を見つめた。

「どうしたの？　西条君、やけに積極的じゃない？」

「遺失物を届けに行くだけだ。文句でも？」

「ないですけど」

文句はないが、西条がこんなに協力的なのは珍しいので戸惑ってしまう。やはり憑依された経験が衝撃だったのか。揶揄(やゆ)してみたい気持ちが湧くが、ここで不用意な発言をしたらきっとまた殴られる。歩はぐっとこらえて、持ってきたランチパックを広げた。もうお昼だ。出発する前に西条の腹を満たしておかねば、ますます機嫌が悪くなる。

「お前、何だ、このおにぎりは。具が入ってねーじゃねーか」

最初に摑んだおにぎりに具が入っていなかったらしく、お弁当を食べ始めた西条がさらに不機嫌になった。なんという誤算。

「だって西条君が急かすからぁ…」

「罰としてお前がこれを食え。お前のを俺が食ってやる」

　歩が食べていた明太子おにぎりを奪い取り、西条が腹立たしげに咀嚼する。西条にしては珍しく食べている時に機嫌が悪い。どうしたのだろうと考えて、ハッと気がついた。ここはトンネルの近くで、あまり清浄とはいいがたい空気を醸し出している。西条は無意識のうちにその空気を感じ取り、イライラを募らせているのだろう。

「ねぇ西条君。ここトンネル近いし、もう少し離れた場所で食べない？　浮遊霊もちらほら見えるしさぁ」

　不穏な気配を放っているトンネルを振り返って告げると、西条はぎくりとした様子で身体を強張らせた。本人も何故自分が苛立っているのか気づいたらしい。

「……ここは景観が悪いな」

　ふう、と重い息を吐き、西条が芝居がかった声で山々を見つめて呟いた。

「そうだ、もっときれいな景色が見える場所で飯を食おう。うん、そうしよう。じゃ、行くぞ」

　西条はあたかも今気がついたといった様子で頷き、食べている途中のおにぎりを歩の手に押しつけてきた。それからすばやく車を発進させ、制限速度を無視してトンネルから離れていく。あくまで霊のせいではないと言いたいらしいが、ちらりともバックミラーを見ない西条につい笑いがこぼれた。

景観のいい場所で弁当を食した後、ナビに従って免許証の男の家に向かった。

千葉（ちば）の海沿いにある一軒家で、辿（たど）りつくまでにかなり時間がかかり、気づいたらもう辺りは薄暗くなっていた。冬なので日が落ちるのが早く、空は夕焼けで真っ赤に染まっている。

車をコインパーキングに停め、番地を確認しながら家を探した。免許証と同じ番地をどうにか見つけたものの、何故か表札がかかっていない。

「ここ…で、いいのかなぁ？」

歩は二階建ての家を見上げ、首をひねった。白い壁に黒いドアのモダンな造りをした家だが、窓ガラスはカーテンで閉ざされ、バルコニーにも洗濯物が干されていない。家の造りから見て、免許証の男は家族持ちだろう。そのわりに家からあまりいい空気は感じられなかった。大体外観を見れば、そこに住んでいる家族の感情や暮らしぶりというのが伝わってくるのだが、この家からは冷たい空気しか感じ取れない。

歩はチャイムを押して、しばらく返答を待った。

けれど中からの返事はなく、西条と顔を見合わせる。この家の家族構成も知らないし、いっそ隣の家に聞いてみるか。そう思って移動しかけた時、セーラー服を着た高校生くらいの女の子がこちらに歩いてくるのが見えた。

「あの、来生さんですか？」

何となくここの家の娘だと直感して、歩は駆け寄って女子高生に声をかけた。とたんに女子高生の顔が歪み、いぶかしげな顔で歩を見据える。

「私、何もしゃべりませんから」

つっけんどんな口調で女子高生は歩を睨みつけ、急ぎ足で門に手をかける。まだろくに話してもいないうちから拒絶反応が返ってきて、歩は面食らって瞬きをした。耳の後ろ辺りでざっくりと切ったショートカットの女の子だ。吊り目なのでややきつい印象を与えるが、高校生らしい若々しさが内面からあふれだしている。

「いや、あの俺たちは…」

「父は不在です」

乱暴に門を閉め、女子高生はさっさと家に入ろうとする。歩が慌てて引き止めようとすると、西条が一歩前に出て、強い口調で声をかけた。

「来生譲さんの免許証を拾ったんですけど、おうちの方はいらっしゃいますか？」

西条らしからぬ丁寧な言い方で告げたせいか、女子高生はびっくりしてドアに手をかけたまま振り返ってきた。

「免許証…？」

女子高生は歩たちが訪れた理由が自分の想定していたものとは違っていたらしく、戸惑った顔をしている。

「…記者、とかじゃなくて？」

「記者？　私はこういう者です。免許証を拾ったのでついでに届けようかと思い、こちらに寄ってみました。免許証がないとお父さんもお困りかと思いまして」

西条はきちんとした態度を崩さずに、ポケットから名刺を取り出して女子高生に手渡した。西条の名刺に書かれた塾の名前は女子高生もよく知っているものだったらしい。女子高生は自分の勘違いに気づいたのか、頬を赤らめて、「少々お待ちください」と口早に告げ、慌ただしく中に消えた。

玄関前で数分待っていると、女子高生が出てきてドアを開けた。

「どうぞ。母がお礼をしたいと言ってます」

先ほどまでの態度とはがらりと変わり、女子高生がどぎまぎした様子で西条を見つめ、中へ誘った。やはり美形は得だ。女子高生の目にはもう歩の存在はなく、その視線はひたすら西条に注がれている。

「ではお言葉に甘えて。長居はしませんので」

西条はにこやかな笑みを浮かべたまま、中に入る。急いで歩もついて行くと、室内は廊下の電灯が消えているのもあって薄暗かった。四十代半ばくらいの婦人がスリッパで現れ、やつれた顔を西条に向ける。

「あの、免許証を拾ってくださったとか…？」

おそらく来生の妻だろう。顔にほくろの多い女だった。げっそりと痩せた顔で西条と歩を交互に眺め、突然の来訪に面食らっている。

「はい、これ来生さんの持ち物ではありませんか？」

西条が黒いポーチをバッグから取り出すと、来生の妻と女子高生が同時に息を呑む。二人ともそれが父親の物だということはすぐに分かったようだ。動揺した様子で歩たちをリビングに通してくれた。

リビングはそれほど広くはないが家具やソファがアンティークなもので、全体的に女性らしい雰囲気にまとめられていた。装飾の凝ったガラス棚には人形やガラス製の雑貨が陳列されている。歩と西条がソファに座ると、依美と名乗った女子高生が紅茶と菓子を出してくれた。

「まぁ…本当に…夫の物だわ。あの、これをどこで？」

西条の向かいのソファに座り、黒いポーチの中を開いた夫人は、来生の妻で鏡子という。鏡子は免許証を凝視し、不安を隠し切れない様子だ。

「ドライブの途中で見つけました。ガードレール下に自分の持ち物を落としてしまって、その時にこれを見つけました。中を見たら免許証だったもので、早くお届けしたほうがいいと思ったんです」

西条は如才ない態度で鏡子にでたらめな状況を語っている。こういう場では自分は大人しくしていたほうがいいと思い、歩は頷く程度に留めておいた。

「ドライブって、どこを？　正確な場所を教えてください」

鏡子の隣に腰を下ろした依美は、憤慨した様子で強く訴えてくる。歩が驚いたのは、この家での来生の扱いだ。依美に会ってから感じた違和感は、ますます強くなっている。

──この家の人たちは、来生が生きていると思っているのだ。

西条に憑いた霊は、すでに亡くなっている。生霊と死霊の違いは一目瞭然だから、最初から死んでいるのは知っていた。まさか家族が彼の死を知らないとは思わなかった。ということは死体が見つかっていないか、まだ訃報が伝えられていないということだろう。

「地図、ありますか？」

西条が詳しい場所を教えようとして問いかけると、依美がバタバタとリビングから出て行って自宅の近くの地図を持ってきた。さすがにそこには載っていなくて、西条は仕方なく口頭で免許証を見つけた場所を伝えた。鏡子のほうは大体の場所が分かったのか、顔を曇らせている。何か思い出のある地なのかもしれない。

「失礼ながら、免許証を見つけた場所は崖になっている危険な場所でした。来生さんの安否も確認したほうがいいんじゃないでしょうか？　警察に連絡するようでしたら、場所について私が協力できることもあるでしょうし」

西条が二人の顔を見ながら告げると、とたんに困った表情に変わる。二人は何か言いたいことでもあるのか目配せをし合い、ため息を吐いた。

「申し訳ありません、こちらにも事情がありまして…」

「お父さんの行方なんて、警察の人はとっくに追ってるわよ」

怒った様子で依美が尖った声を出す。どういう意味かと歩たちが呆気にとられていると、鏡子が疲れた笑みを浮かべて口を開いた。

「お恥ずかしい話なのですが…主人は詐欺罪で指名手配されておりまして…」

自宅のマンションに戻った頃には、とっくに夜も更けていて、西条は唸り声のようなものを上げてソファに寝転がって目を閉じてしまった。

「ずっと運転してたから疲れてるよね。コーヒー淹れるからちょっと待ってね」

歩は弁当に使ったランチパックを洗ったり、ごみを片づけたりしてキッチンに立っていたが、頭の中は来生家での会話でいっぱいだった。

西条に憑いた霊、来生譲は一カ月ほど前に急に姿をくらました。

鏡子たちが捜索願を出そうとした矢先、警察の人が現れて、来生に対して詐欺罪の容疑がかかっていると告げたそうだ。来生は数人の女性に嘘をつき、多額の金をまきあげたという。鏡子も依美も知らなかったらしいが、来生は一年前に勤めていた商社をリストラされ、その後は女性から金品を貢がせることで収入を得ていたようだ。歩の目から見ると、それほど美形というわけではないのだが、相当口が上手かったそうで、被害額はけっこうなものだとか。その後事件を嗅ぎつけた記者が家の付近をうろつき、鏡子たちは参っていたという。歩たちが来たのもてっきりそのたぐいだと思っていたと依美は後から謝った。

「西条君、どうする？　まさか遺体が見つかってないなんて思わなかったから、俺びっくりしちゃったよ。あの男の人、免許証じゃなくて遺体を見つけてほしかったのかなぁ？」

シンクを綺麗にした後、歩はコーヒーを二人分淹れてソファで横たわっている西条に問いかけた。西条はだるそうに歩に目を向け、大きなため息をこぼした。

「俺はあそこに死体があるものと思ってたんだが……お前、そういうつもりで捜してたわけじゃなかったのか。肝っ玉のすわった奴と思って感心してたのに…」

「ええ!?　死体なんか捜しに行くわけないじゃない！　死体があると知ってたら、行かなかったよ！」

西条がそんなことを想像していたなんて露知らず、歩は驚愕に身震いした。死体なんて見たくない。あると知っていたら、すぐに警察に連絡していた。

「ていうか西条君こそ、なんであそこに死体があると思ったの？　俺は死んでるとは思ってたけど、単に未練があって成仏できない霊としか思ってなかったよ」

ラグマットにぺたりと座り込み、ソファに横たわる西条を見上げて尋ねる。西条は仕方なさそうに身を起こし、がりがりと頭を掻いた。

「あのなぁ…俺は霊なんか信じない」

「はい？」

今さら何を言っているのだろうと思い、歩は首をかしげた。

「俺に憑いているものなどいないし、免許証が見つかったのも偶然と思っている。……だけどな、夢見が悪くて…」

言いづらそうに西条が視線を泳がせる。西条が頑なに霊能力や霊関係の話を信じないのは今に始まったことではないが、どうやらそれでも気になる点があるらしい。

「そういえばずっと嫌な夢を見てるって言ってたよね。どんな夢？」

歩がコーヒーに口をつけながら聞くと、西条がまた重苦しい息を吐いた。

「……殺される夢。俺じゃないけど」

西条の告白にびっくりして歩はマグカップをテーブルに置いた。

「も、もしかしてそれって、来生さんが殺されるところを夢に見てるの⁉」

驚きの事実を知り、歩は目を見開いて西条を見つめた。そんな恐ろしい夢を見ていたとは知らなかった。叫んだ後に、さらに気づいたことがあり、歩は背筋を震わせた。

「つまりあのトンネルの近くで殺されたってこと!?」

「……多分」

西条が小声で頷く。そんなことは先に言ってくれと歩は引っくり返りそうになった。知っていたらますます行こうなんて思わなかった。すぐさま警察に通報していた。

「ひやあああーっ。わーっ、ぎゃーっ」

パニックになって騒ぎ始めると、即座に西条が「うるせぇ」と吐き捨て、げんこつで頭を殴ってくる。けっこう痛くて目がうるっとしてしまった。

「う、うるさいって、だって殺人事件じゃん！　け、警察に言わなきゃっ。犯人は誰っ、捕まってるの？　いやっ、捕まってたらあの奥さんたちが教えてくれてるよね、ていうかその前に死んでるのも知らないんだっけ……っ、ど、どうしようかっ？」

「少し落ち着け。警察に言うって、何を言うんだよ。来生って人の霊がつきましたって？　アホか、俺は絶対ごめんだ。俺が警察だったら、いい病院を紹介しますよって言うぞ」

冷たい眼差し（まなざ）しで見下ろされ、歩は落ち着きを取り戻すために深呼吸を繰り返した。たくさんの霊を見てきた歩だが、一番怖いのは生きている人間だと思っている。霊は怖くないが、殺人犯がまだどこかにいるのかと思うと恐ろしい。

温かいコーヒーをごくごくと咽（のど）に流す。

「……はぁー。それで西条君、どうすればいいと思う？」

飲み物を飲んだら少し気が休まった。歩が不安げに窺うと、西条がマグカップを手に取り、ソファにもたれる。

「お前はもうこの事件に関わるな。俺はとりあえず詐欺罪のほうを調べてみる。知り合いに新聞記者がいるし、何か教えてくれるかも…。あとは、あの親子が免許証のことを警察に言ってくれればいいんだが…」

顔を曇らせ、西条はコーヒーを飲み干した。一人だけ蚊帳の外にされるのは不満だが、確かにもう歩が関わっていい問題ではなくなっている。霊関係の話なら手は打てるが、刑事事件なんて歩には手に負えない。

「それにしても……たくさんの女性を騙してる人だから、あんな甘ったるい言葉がべらべら出てくるのかなぁ」

改めて西条に憑いた霊について考えていると、横からさりげなく手を差しだされる。

「お守り、くれ」

そっぽを向いて言われ、苦笑して部屋から父の念力が入ったお守りを持ってきた。もともとこれは西条のために父が護符を入れてくれたのだが、以前渡そうとしたらそんなものはいらんと拒絶されてしまったものなのだ。日の目を見られてよかった。

「はい、西条君。しっかり身につけておいてね」

西条にお守りを手渡すと、苦虫を嚙みつぶしたような顔で、そそくさとポケットに突っ込む。

あまり褒められた態度ではないが、霊関係にアレルギーを持っている西条からすれば、お守りを身に着けてくれるなんてすごい進歩だ。

「西条君って、どうしてそんなに霊のこと信じないの？」

西条の隣に腰を下ろして問いかけると、気難しげな顔で歩の頬を引っ張る。

「目に見えないものは信じない」

「ひょんなー」

あくまで霊現象を信じない西条は、歩の頬をぷにぷにと引っ張り、少し柔らかい顔になった。

「でも西条君、俺の愛だって目に見えないじゃない。でも俺が愛してることは、信じてくれてるでしょ？」

西条を口で負かしてみたくて、歩は笑顔になってさらに畳みかけた。ところが西条は当たり前だという顔で歩の唇を撫でる。

「お前の愛は目に見える」

「ええっ⁉」

愛なんて目に見えないものだと思っていたのに、西条は自信満々で答える。歩が目を丸くして見つめ返すと、西条の指が口の中に潜り込んできた。

「お前の作る飯は最高に美味(うま)いし、俺の健康も気遣ってくれるし、それにいつも愛してるってきらきらした目で俺を見ている。お前の愛を疑ったことなどない」

そんなものなのだろうか？　西条の霊アレルギーを治したくて聞いた質問なのに、逆に丸め込まれてしまった。少し悔しくて何か言い返そうと思ったが、西条の指が舌を撫でてきて、上手く言い返せなかった。

「ん…」

なかなか口内から出ていかない西条の指に舌を絡ませると、艶めいた眼差しで見つめられ、顔が近づいてきた。

「…っ、ん」

指が抜かれたと思う間もなく、西条の薄い唇が歩の唇を食む。唾液で濡れた指が耳朶をふにふにと弄り、色っぽい雰囲気になった。西条の舌と自分の舌が絡み合い、下腹部からじわりと疼きが生まれる。

西条の手が歩のセーターの下から潜り込み、胸元を這う。

「今日は…、…ん…っ、眠くないの？」

薄いシャツの上から乳首を引っかかれ、歩はびくりと震えて囁いた。

「わかんね。途中で寝ちまうかもよ」

含み笑いをして西条が囁き、歩のセーターを引き抜こうとする。

「そんなぁ…」

両腕を上げてセーターを脱がされると、歩はソファに押し倒された。西条は慣れた手つきで歩のシャツのボタンを上から順に外していく。

「期待してんの？　もう乳首硬くなってる」

全開にされ、むき出しになった上半身を、西条が見下ろす。たいして触られていないのに、乳首がつんと立っているのが見えて、無性に恥ずかしくなった。

「さ、寒いから…だよ」

歩が赤くなってごまかすと、西条がゆっくりと屈(かが)み込んで薄い胸板に舌を這わせた。舌先で乳首をねろりと舐(な)められ、勝手に腰が跳ねてしまった。西条は意地悪く笑いながら、歩の乳首に吸いつく。

「ん…っ、ん、うー…っ」

音を立てて吸われ、ぞくぞくっと下半身に甘い痺(しび)れが走った。西条は舌先で乳首を舐め回し、痛いほどに嬲(なぶ)ってくる。舌で弾(はじ)かれると、身体の奥に血が集まる感じだ。

「あ…っ、ひ…」

軽く乳首を噛まれるたびに、かすれた声が上がってしまう。のしかかってくる西条は執拗(しつよう)なほど乳首を弄るから、歩は息が乱れて仕方なかった。

「お前、乳首弄るとすぐ硬くするよな」

乳首から顔を離し、指先でぐりぐりとしながら西条が下腹部を膝で突いてくる。ズボンの中でとっくに張りつめている性器を突かれ、びくっと身体を震わせた。

「さ…西条君が…いっぱい弄るからだよ…、ん…っ」

両方の乳首を摘(つま)まれて、声が引っくり返る。歩が自分のベルトに手をかけると、西条は着ていたシャツを脱ぎ、ソファの背もたれにひっかけた。たくましい胸板が目に入って、何度見てもどぎまぎする。歩のたるんだ身体と違い、西条は引き締まった肉体をしている。食べているものは同じはずなのにどうしてだろうと納得がいかない。

「ローションってどうしたっけ…。取りに行くの面倒だからオリーブオイルでいい？」

ソファから立ち上がり、西条がキッチンに行ってオリーブオイルを持ってくる。料理に使うものなのだが、西条は返事も待たずに中身を取り出している。料理をする時変な気分になるから、本当はあまり使ってほしくない。

「ベッド行かないの？」

ソファの上で身体をひっくり返されて、歩は紅潮した顔で聞いた。西条はまだ残っていた歩の下着を引きずり下ろすと、オリーブオイルを尻のはざまに垂らしてくる。

「こっちでいいよ。床暖房だし」

尻のはざまから袋を柔らかく揉(も)み、勃起した性器までオイルで濡らされる。期待しているのかと聞かれたが、確かに西条がしてくれると思っただけで、全身が熱を帯びた。

「ひゃ…っ」

西条は最初から二本の指で蕾(つぼみ)を開いてくる。

「や…っ、西条君…っ」

まだ狭い穴をオイルで濡れた指でぐいぐいと刺激され、歩は前のめりになって甲高い声を発した。西条は少し強引に根元まで指を突っ込むと、逃げようとする歩の腰を引き寄せ、出し入れを繰り返した。

「やぁ…っ、う…っ、西条君、もっとゆっくりぃ…っ」

じたばた暴れる歩を押さえつけ、西条が内部の感じる場所を擦ってくる。とたんにふにゃっと腰から力が抜けて、息が荒くなった。

「う…っ、う…っ、や…っ」

西条はオイルを足して、襞(ひだ)をぐるりと撫でる。初めは乱暴に感じた指の動きも、感じ始めたとたんにそれほど気にならなくなってきた。歩はソファに頬を押しつけ、どんどん乱れていく息に恥ずかしさを覚えた。

「西条君…俺も、する…口で」

たどたどしく歩が呟いて西条の下腹部に手を伸ばそうとすると、軽く押されて拒否された。

「いいよ、今日は出したら多分すげー眠くなる…。俺はいいから」

西条の性器を口で愛撫(あいぶ)しようとしたのだが、いらないと言われて手持ち無沙汰になって歩はソファにうずくまった。意識が全部お尻にいってしまって、余計に感じるのがたまらない。室内に尻を弄る音が卑猥(ひわい)に響いて、頬が熱くなる。

「ぁ…っ、は…っ、はぁ…っ」

ぐちゃぐちゃと音を立てて奥を弄られ、声を我慢できなくなってきた。指先で内部を擦られていくうちに、すごく気持ちよくなって目が潤む。西条は歩の感じる場所は全部知っているから、どこを触られても息が上がる。

「ん…っ、ふぅ…っ、はぁ…っ、はぁ…っ」

感度が高まってきて、感じる場所を西条が指で押すたび、びくんびくんと腰が震えるようになった。いつの間にか指が増えていても、難なく呑み込んでいく。

「もういいか？」

ずるりと指を引き抜き、西条が歩の腕を引っ張ってきた。ふらふらになってソファから下りると、西条がズボンと下着を脱いで、ソファに座る。

「跨（また）って」

西条に誘導され、向かい合って跨る格好になった。西条の首にしがみつき、促されて腰を落とす。西条が歩の蕾を指で広げ、すでに屹立（きつりつ）していた西条の性器を誘った。先ほどまで指で弄られていた場所に西条の熱が押し当てられる。歩はそれで気持ちよくなれるのを知っているのでもう怖くはないが、最近西条の性器が触れるだけで、ぞくぞくとした怯えに似た甘い感覚が起こるようになった。

「んん…っ」

西条の熱で身体が、ぐっと開かれる。硬い性器がゆっくりと歩の内部に押し入ってきて、徐々に深くまで犯してきた。

「ひゃ…っ、ぁ…っ、ひぅ…っ」

先端がめり込んだ段階で体重をかけていくと、ずるずると中に硬いモノが入ってくる。ふーっ、ふーっと息を吐きながら少しずつ西条の性器を呑み込む。

「すげぇな…お前、とろんとした目してる…」

息を荒らげる歩を見やり、西条が色っぽい顔で笑った。まだ半分までしか呑み込んでないところで西条が唇をふさいできたので、歩は息苦しさを覚えつつ西条に身体を預けた。

「は…っ、はぁ…っ、ぁ…っ」

じっくり味わうようなキスをされ、頭の芯まで痺れてきた。ひどく気持ちよくなって、目からぽろりと生理的な涙がこぼれる。西条はそれも舌ですくって、歩の頬を愛しげに撫でる。

「お前気持ちいいと、うるうるだよな…」

嬉しそうに西条が笑って歩の腰をさする。西条は歩の首筋に唇を這わせ、匂いをかぐようにして鼻先を耳朶の辺りに押しつけてきた。

「お前の匂いって……興奮する」

鼻をひくつかせて西条が囁く。匂いに敏感な西条は、セックスの最中は歩の匂いが強くなるという。歩にはよく分からないが、そう言われるのは恥ずかしいのであまり嬉しくない。匂い

が強くなるなんて、なんだかいろんなものを分泌しているみたいで嫌だ。

「んん…ッ」

ふいに腰を揺さぶるようにされて、ぐぐっと奥まで西条の硬いモノが潜ってきた。

「やぁ…っ、あ…っ」

刺激が強くて、思わず甲高い声を上げて仰け反った。西条の唇は歩の首筋に吸いつき、指先で乳首を弾く。

「あ…っ、あ…っ、や、ぁ…っ」

小刻みに腰を揺さぶられ、ずるずると西条の性器を根元まで呑み込んでしまう。深い場所まで犯されるのは少し怖い。けれど同時に身体が震えるほど感じて、歩は甘ったるい声を絶え間なくこぼし続けた。

「気持ちいい…?」

西条が歩を揺らしながら、囁く。

「ん…っ、ん…、き、もちいい…っ」

はぁはぁと乱れた息の中、歩は目を潤ませて答えた。すると律動が少し強くなり、間断なく入れた性器を揺らされる。

「あ…っ、ぁ…っ、ひ…っ、ぁ…っ」

西条との身体の間で揺れている性器は、しとどに濡れて今にも暴発しそうだ。乳首を弄られながら腰を律動されると、頭がぼうっとするくらい熱くなる。

「や…っ、もうイ…っちゃ…」

涙目で西条を見つめると、両方の乳首を強めに引っ張られた。

「はえーよ。…お前、すっかり俺好みの身体になったな…。尻と乳首だけでもうメロメロじゃん。ほら、乳首でイってみろ」

乳首をぐりぐりと指で擦られ、身体の奥が急速に熱くなった。続けて両方の乳首をぎゅーっと潰され、それが引き金になって一気に快楽が襲ってきた。

「ひぁ…っ、あ…っ‼」

大きく身を仰け反らせ、白濁した液体を噴き出してしまう。全身が激しく震え、どこを触れてもびくんびくんと反応した。脳天まで焼き尽くすような快楽に身震いし、歩はぐったりと西条にもたれかかった。

「はー…っ、はー…っ、あ…っ」

目元を濡らして忙しなく呼吸を繰り返す。西条の手が肩や腰を撫で、よくできたというように歩の額にキスをした。

「う…、く…、はぁ…っ、はぁ…っ」

射精したばかりで身体中が敏感になっている。西条が触れるたびにびくっと身体が跳ねて、目眩がする。

「はぁ…、うー…、あっつい…」

達したせいか、熱くてたまらなかった。汗ばんだ身体を西条にくっつけ、キスを求める西条と舌を絡ませた。

「ん…っ、う…くっ」

キスの途中で西条が再び腰を動かしてくる。一度は治まったはずの熱が、奥を刺激されることで再び火を灯す。

「はぁ…、俺も気持ちいい…。中に出したいな…、出していいか?」

下から強く突き上げながら西条が呟く。しだいにまともな言葉にならなくなって、歩は涙目で頷いた。西条は歩の尻たぶを広げ、ひどく奥まで性器を突っ込み、がくがくと歩を揺らす。

「あ…っ、や…っ、はぁ…っ、ひ…っ」

西条の首にしがみつき、下からの突き上げに喘ぎ声をこぼした。西条の息も乱れてきて、感じている顔が色っぽくなる。西条は何かを我慢するように顔を歪め、腰をねじ込んでくる。

「うー、イきそ…」

西条がかすれた声を上げ、律動を激しくしてきた。奥をめちゃくちゃに突き上げられ、繋がった部分は火傷しそうだ。時々尖った乳首が西条の身体に触れて、甘く蕩けるようだ。

「あ…っ、あ…っ、ひ…っ」

卑猥な音を立てて奥を穿たれ、互いの息遣いでうるさいほどになる。もう駄目、と思った瞬間、西条が切羽詰まった声を上げ、中に射精してきた。

「く…っ、は、ぁ…っ、はぁ…っ」

律動が急に止まり、内部がじわっと熱くなる。西条はぐっ、ぐっ、と歩の中で性器を動かし、精液を吐き出してきた。

「はぁ…っ、はぁ…っ」

出すものがなくなると、西条は乱れた息を吐き、ぎゅーっと歩を抱きしめてきた。歩もべったりと西条にもたれ、肩を上下して息を吐く。

「やべぇ…すげ眠い…」

歩の身体から手を離すと、西条がソファにどさりともたれて目を閉じてしまう。

「えっ、西条君？　まだ寝ないでっ」

それまでの夢見心地が解けて、歩は慌てて西条を揺り動かした。西条はうーっと唸って、目を開けてくれない。

「西条君てば…っ」

まだ繋がったままの状態なのだ。歩は焦って西条の名を呼び、懸命に起こそうと声をかけ続けた。

西条に憑いた霊は、来生家を訪れた後もいなくならなかった。ためしに何度も呼びかけて、もう成仏するようにと説得してみたものの、一向に応えてくれない。あれからお守り効果か西条が身体をのっとられることはなくなったが、それでも霊がひっついているのは嫌な感じだ。

その後新聞をまめにチェックしたが、来生の遺体が見つかったという記事はない。やはり自分の身体を見つけてほしいのかもしれない。とはいえあの山中に遺体を捜しに行くのだけは御免だ。西条はもう関わるなと言うし、そういえば父も帰るまで大人しくしておけと言っていた。このまま我慢して父の帰りを待つほかないのか。

来生のほうも気になるが、コンビニでも未だ解決できない問題が持続している。涼音はあいかわらず歩に迫ってきて、仕事がはかどらない。ただでさえとろくさい歩は、涼音にあれこれ話しかけられることですっかりテンポを狂わされていた。またそういう失敗をした時に限って店長に見られてお目玉を食う。

「歩くーん、これ重くて運べないわ。お願い」

バケットに入った商品を指さして涼音が媚びた声を出す。

「あ、はい。やります」

この店では歩のほうが長く勤めているのだが、歩はいつも涼音に対して敬語なので、これではどちらが先輩か分からない。それにしても最近涼音と同じシフトが多いのはどうしてなのか。

「さすが男の子ね、歩君すごい」

バケットは大した重さではなく、歩には涼音がわざと仕事を回して褒めようとしている気がしてならなかった。褒められるのは、苦手な相手でも気分の悪いものではない。涼音は困った人だが、こういうふうに懐柔されていけばふらっとよろめく気持ちもわかる。

「この商品、売れ行きいいよねー」

品出しをしていると、涼音が顔を寄せて親密なムードを作ろうとする。涼音はやたらとくっついてくるので、最近少し慣れてしまった。その日も気にせず入荷したパンを並べ始めたのだが、突然後ろから尻を蹴られて、あやうく前につんのめるところだった。

「な、な⁉」

コンビニで誰かと肩がぶつかるくらいはあっても、尻を蹴られることなどそうそうない。びっくりして振り返ると、怖い顔をした西条がカゴを持って立っていた。

「すいません、レジお願いしたいんですけど」

くっついている歩と涼音を見下ろし、西条が恐ろしい気配を漂わせて告げる。スーツ姿なので塾の仕事が終わった帰りなのだろう。歩が慌ててレジに走ろうとすると、涼音が眉を顰めて立ち上がった。

「今あなた、蹴らなかった？」

憤慨した様子で涼音が西条に険しい顔を向けている。

「あ、カゴがぶつかっちゃったかな？　すみません」

対する西条は極上の笑みでしらっと嘘をついている。一瞬西条と涼音が睨み合ったので、歩は背筋がぞーっとした。

「お、お客様！　今レジに入りますのでっ」

西条の背中を押し、強引にレジに誘導する。カウンターに置かれたカゴの中の商品を取り出して、歩はおそるおそる西条を見上げた。

西条は凶悪な顔で涼音の後ろ姿を見ている。

「西条君っ、あんまり怖いことしないでっ」

バーコードを読ませつつ、小声で注意を促す。西条はむすっとした表情で歩に顔を向け、財布を取り出した。

「あのババァか、お前に言い寄ってるってのは」

棘のある口調で西条が呟き、じろりと歩を見る。

「てめぇ、いい気になってんじゃねぇぞ」

「な、なってないよ…っ‼　ていうか西条君ヤクザみたいだよっ」

スーツ姿で凄まれて、歩は青ざめて小声で訴えた。西条は軽く舌打ちして、料金を払う。

「あとどれくらいで終わるんだ。酒屋で待ってるから、早く上がれ」

「え、えっとあと十五分で交代…。はい、早く上がります」

物騒な雰囲気を漂わせている西条に逆らうのは賢明ではない。歩は従順に頷いて西条の背中を見送った。やきもちを焼いてくれたら嬉しいなと思ったこともあるが、西条の嫉妬は想像以上に恐ろしかった。これから言い寄られて困っているなどという相談はしないようにしよう。

時間に遅れたらさらなる報復が待っているかもしれない。歩は内心焦りを感じつつ、レジに弁当を持ってきた客に対応した。

「歩君、大丈夫だった？　さっきの人、絶対あなたを蹴ってたわよ。客だってひどい真似されたら文句を言うべきよ」

レジの客が落ち着いた頃、涼音が憤慨した様子で囁いてきた。涼音は困った人だが、言っていることは正論で、歩は苦笑して誤魔化すしかなかった。まさかあの人が恋人ですと言うわけにもいかない。

「あの人、たまにくるよねー。ちょっと顔はいいけど、あたしは嫌い。愛想ないし、顔がいいと思って相手を見下しているタイプよ」

涼音の反応は珍しいもので、歩はびっくりして目を瞠った。たいていの女性は西条のような美形を前にすると、ぽーっとすると思っていた。現にたまにシフトが一緒になる女子高生の朝山さんは西条が来ると絶対にレジの仕事を譲らない。

「女の人ってかっこいい人が好きなんじゃないんですか？」

つい好奇心で尋ねてしまうと、涼音は呆れた顔で笑った。

「手が届かないような人、あたしはぜんぜん興味ないわ」

涼音はつんとすました顔で言い切る。そうは言うが、たくさんいる客の中から西条の存在を覚えているということは何かしら興味を惹かれているということではないのか。女性の気持ちがよく分からなくて歩は首をかしげた。西条は嫌いで、歩には迫ってくるのは何故だろう。つまり軽く落とせそうということなのか…。

どうにか仕事を終え、歩はコンビニから西条が待っている酒屋に走った。もう夜八時を過ぎていて、辺りは真っ暗だった。火曜と木曜は歩のバイトが終わる時間と西条の仕事が終わる時間が近いので、たまにこうして待ち合わせる。一緒に帰りがてら、定食屋でご飯を食べるのがお決まりのコースだ。酒屋は歩道橋を渡った先にある白髪の老人が一人で経営している店で、西条はよくそこで好きな酒を買っている。

「遅え」

ビールの棚のそばにいた西条は、歩の顔を見るなり不機嫌そうに呟いた。

「はぁ…西条君、もう焦らせないでよ。いくら西条君でもお尻蹴るのはやりすぎだよ」

西条の顔を見たらさすがに蹴られたショックを思いだし、少し怒った顔で言ってみた。

「ああ? なんつった、今」

案の定西条にもっと恐ろしい顔で睨まれ、しゅんと下を向く。

「お前、コンビニのバイト辞めろ」

ビールを段ボールケースごと抱え、西条がにべもなく言い捨てる。すでに西条はカウンターに焼酎も置いていて、酒屋の主人が「毎度」と笑顔で応対する。

「辞めろって…亭主関白じゃないんだからさぁ…」

「辞める気はないのか?」

酒代を払って西条は歩に焼酎の入った袋を押しつけると、自分はビールの段ボールケースを抱えて店を出る。

「え…。だって俺仕事覚えるのも大変だから、そんな簡単に辞められないし…」

西条が怒ったらどうしようかと怯(おび)えつつ、自分の正直な気持ちを伝える。いずれコンビニのバイトは辞めるが、それは父の修行について行く時だ。まだその気持ちは固まっていない。

「辞めないのか」

マンションまでの道を歩きながら西条が静かな声で問う。

「う、うん」

「……そうか、分かった」

歩が頷くと、西条は意外にもすんなり受け入れてくれた。かといって理解を示したわけでもないらしく、不機嫌な顔はなかなか直らない。バイト先の話になるとまた話がこじれそうだったので、歩は塾ではどうだったかという話題を振ってみた。

「特に変わったことはない」

西条はそっけない声で呟き、帰り道はそれきり何も話してくれなくなった。自宅に戻り、荷物を下ろすと、西条はピザの出前を取り、酒盛りを始めた。つき合わないと許さないという雰囲気になり、歩も隣に座り、相伴にあずかった。

「ほら」

宅配ピザを摘(つま)みながら飲んでいると、西条がバッグから切り抜きを取り出した。中を見て驚いた。来生の事件が小さいながらも記事になっている。西条の知り合いである記者にコピーしてもらったのだそうだ。記事によれば来生は数人の年配の女性から、君と結婚したいけれど事業が危なくてできないなどと偽り、金銭を巻き上げていたようだ。被害者の話によれば、非常に口が上手(うま)い人だったとか。

「ホント不思議だよね。西条君のほうはぜんぜん甘い言葉言わないし、女性にたかるようなこともしないのにね。でもこれだけくっついているってことは、波長が合うからだって父さんは言うんだよ」

記事を読み終わり、歩は首をかしげてずっと抱いていた疑問を口にした。すると西条は眉を顰め、缶ビールを飲み干してため息を吐(つ)いた。

「……あのな、多分こいつ、俺とちょっと似てるところがある」

嫌そうな顔で西条は記事を手で摘み、ひらひらとする。

「え？　どこ？」

「思ってもないことなら、べらべらしゃべれるとこ。俺も、そう。昔ナンパしまくってた時は、平気で甘ったるい言葉、言えたし」

西条の告白に呆然とし、歩はテーブル越しに身を乗り出した。

「ど、どういうこと？　それって…っ、ずるいじゃん！　俺にはぜんぜん言ってくれないのに、ホントは言えるってこと!?」

「だから昔の話だっつーの。そんで、思ってもないことなら言えるんだって。女ひっかけるために綺麗とか可愛いとか、いくらでも言えた。さすがに好きとかは言えなかったけど、女って褒めると好意あるって勘違いするだろ。その場限りのいい加減な言葉でナンパしてた。冷めた時の俺の態度、マジひどかったぜ。よく刺されなかったもんだ」

「西条君…」

しみじみと昔を語る西条を睨みつけ、歩は面白くなくて新しいビールを開けた。

「ずるい。そんなにべらべら言えるなら、俺にも言ってくれたっていいじゃん。出し惜しみ！」

「マジになると言えねぇんだって。言葉ってそういうもんだろ？」

「俺いつでも言えるもん。分かんないよ！」

腹が立ってテーブルをどんどんと叩くと、西条が肘をついて顔を寄せてくる。

る。

「癇癪起こすな。お前と会ってからは、そういうの一切誰にも言ってないんだから」

頬をくすぐられて、こめかみに軽くキスをされる。西条は少し酒が入って、機嫌が直ってい

「ごまかしてる？」

「ごまかされろ。大体…言わなくたって、分かるだろ？」

肩を抱き寄せられて、西条の首の辺りにもたれかかる。

「えー分かりません。俺バカだもん」

すねて唇を尖らせると、西条が困った顔で頬をぷにぷにと弄る。

「あのなぁ…同棲始めて一年経ってるってのに、未だこんな状態なんだぞ。ありえないだろ。しょっちゅうやりたくなるし、相手がばばぁでもお前にひっつかれるとムカつくし、最近俺の喜怒哀楽はお前関係ばっかりだぞ。クールだった頃の俺を返してくれよ」

言い方はどうかと思うが、西条がつらつらと愛情があふれて困っているという意味の言葉を投げかけてくる。

「俺は今の西条君のほうが好き。毎日どんどん好きになっていくよ？」

甘い言葉を言ってくれないのは不満だが、西条の気持ちは伝わってくるのであまり怒ってもいられない。つい笑顔で西条にぎゅーっと抱きつくと、笑いを堪えたような顔で西条が何度もキスをしてきた。

「まぁとりあえず、お前の親父のお守り持ってりゃしばらくはどうにかなりそうだから、こいつらのことは忘れようぜ。お前も本当にもう関わるなよ」

西条に念を押され、歩はそうだねと頷いた。何度も言われなくても、歩だって関わる気はない。西条に憑いた霊は、確かに護符のせいか、なりを潜めている。このままなら父が京都から戻ってくるまで問題はないだろう。本当は歩が除霊できればいいのだが、下手な真似をして余計に厄介な状態になっても困る。

「ピザだけじゃ腹が減るな…。どっかにカップ麺なかったっけ？」

ピザを食べ終えた西条がキッチンに立って夜食を探している。家で飲む時も締めはラーメンなのか。歩はおかしくなって小さく笑った。

何となくキそうだな、と思う夜がある。

今がまさにそれで、うつらうつらしていた歩は嫌な予感を抱いていた。電気を消してベッドに横たわり就寝しようとしていたのだが、妙に身体が重くなってぞわぞわと覚えのある感覚がやってきた。

（あ、やばい…）

眠気が吹っ飛び、気づくと手足がまったく動かなくなっていた。身体全体が鎖で巻きつけられたみたいに、自分の意思では指先一つ動かせない。いわゆる金縛り状態だ。目だけは開けられたので、おそるおそる暗闇に目を凝らして見る。

ベッドの横に、ぼうっと白い影が浮かび上がってきた。誰だろうと思って歩が目を向けると、徐々に白い影が中年男性の姿に変わった。顔はよく見えないが、何故か来生だと分かった。スーツ姿で律儀にネクタイを締めて歩の横に立つ。

来生はしきりに謝りたいと歩の頭の中に訴えてきた。最初は西条に謝りたいのだろうかと思ったが、何度も訴えられているうちに来生が謝りたいのは家族にだというのが分かった。妻と娘にすまなかった、君たちは何も悪くないと伝えてくれと繰り返し告げている。

(伝えたら、大人しく上に行ってくれますか?)

歩がそう聞くと、来生は何度も頷いている。そういうことなら伝えます、と歩は了解した。来生は歩の返事を聞き、また頭を下げる。

その後のことはよく覚えていないが、気づくと目覚まし時計が鳴って朝がきていた。いつの間にか眠ってしまったのだろう。起きると肩が凝っていて、身体が重い。西条は来生の霊がいたことに気づいてないはずだが、歩と同じくだるそうな顔をしている。

「ねぇ、西条君。来生さんが家族に謝ってほしいって言ってきたんだけど」

朝食のフレンチトーストを西条の座っているカウンターテーブルに置くと、歩は眠い目を擦(こす)

り、切り出してみた。フレンチトーストにはチーズとハムをはさんでいる。歩は揚げパンみたいに油でかりっと焼くのが好きだ。

「お前、朝から寝ぼけてるな」

朝のニュースを見ながら、西条はフレンチトーストに齧(かじ)りつく。

「寝ぼけてないってば。昨夜金縛りにあってさぁ…。家族にそう伝えれば、成仏するって」

「金縛りは過労やストレスからくるものだそうだ。お前、疲れてるな。バイト辞めてもいいんだぞ」

歩のほうを見もせず、西条は天気予報をチェックしている。西条にとっては金縛りにあって、死者と会話するのはあり得ない話なのだ。これまでも何度も繰り返してきた会話なので、今さら西条の意識を変えさせる気はない。

「もう…。じゃ、理由はいいから来生さんち、もう一回行こうよ」

あくびをして歩が西条の隣に座ると、急に西条が怖い顔を向けてきた。

「駄目だ。もう関わるなって言っただろ」

断固とした口調で言い切られ、歩はびっくりして目を丸くした。そんなに駄目な話だとは思ってなかった。

「でもさ、気になるし…。それに伝えないと約束が…」

「駄目なものは駄目だ。いいか、勝手に行ったら許さないからな。まぁどうせお前のことだ。

道、覚えてないだろうけど」

　馬鹿にした笑いをされて、ムッとしたものの、確かに西条に任せて助手席に座っていただけなので行き方など覚えていない。免許証も返してしまったし、最寄りの駅も知らない。

「西条君、そうしないとさぁ…」

　歩が困った顔をしても西条は気にも留めず朝の支度に勤しんでいる。朝の西条の動きは機敏で、歩がつけ入る隙がない。なるべく遅くまで寝ているかわりに、動きだしたら光の速さで家を出ていく。

「今日は支部の奴と飲み会があるから、遅くなる」

　出がけにそう告げ、西条が出て行った。歩もそろそろ支度をしないとバイトがある。

（参ったなー。駄目って言われても、謝りに行くって言っちゃったしなぁ…）

　こんなことならもっとちゃんと免許証の住所を見ておけばよかった。がっかりしつつ、歩は洗面所に向かった。

　その日は金縛りを経験したせいか、少し敏感になっていた。

　十時から入ったバイト先のコンビニで、昼飯を買いに来るOLやスーツ姿の男性でごった返す店内の中、ちらほらと嫌な影をまとわりつかせている客に気づいてしまう。歩は仕方なく、なるべく視線をうつむかせてやり過ごした。霊は気づくとこちらに寄ってくるから厄介だ。昔は誰も彼も助けなければと思ったこともあるが、それは歩が地球を救うくらい不可能なことだと割り切るようになった。世の中には不幸な人が多く、また誰かに恨まれている人も多い。

「歩くーん、これお願いしていい？」

今日も涼音は媚びた笑顔で歩に寄ってくる。昼のラッシュが過ぎて一息ついたところで、歩は膝をついて雑誌コーナーの雑誌を綺麗にそろえていた。顔を上げて涼音を見上げると、それまでぼんやりしていたものがはっきり見えた。

「あのー涼音さん、胸…悪いんじゃないですか？　一度病院行ったほうがいいですよ」

涼音の豊満な胸に黒い影が見えた。身体にかぶさる黒い影は、たいてい病気か怪我だ。胸を怪我するとは考えにくいから、病気ではないだろうか。

「え？　は？　何言ってるのぉ？」

涼音がぽかんとした顔をする。突然何を言われたのか分からないといった様子だ。そこでやめておけばよかったのだが、気づいたら口が勝手にしゃべり出していた。

「それに腰までの長さの髪のおばさんに、すごい恨まれてますよ。不倫はほどほどにしたほうが…」

歩の発言に、涼音がぎくりとした感じで身体を強張らせた。

その時だ。

急に身体がずーんと重くなって、自分の意思がきかなくなった。誰かが自分の身体をのっとって、苦しい気持ちを前面に押し出そうとしている。止めたくても口から言葉が迸る。

「——不倫は自分の家庭も、相手の家庭も傷つけます。ばれなければいいだろうと俺もずっと思っていたけれど、隠していてもいつか明るみに出る。俺は誰も傷つけるつもりはなかったのに、いつの間にか泥沼にはまっていたんだ…。あんたはまだ引き返せるんだから、もうやめておきなさい」

「やだ、歩君。気持ち悪い」

引き攣った顔で涼音が呟き、それまでの媚びた笑顔を一切消してしまった。歩は我に返って頭を思い切り振った。

自分ではない誰かの意思が、口をついて出てきた。誰だろうと考えるまでもなく、来生の霊が憑依しているのを感じた。どうしてだか分からないが、西条に憑いていた来生の霊が、いつの間にか自分にくっついている。

うっかり憑依されたらたまらない。歩はしきりに頭を振って、来生にのっとられないようにしようと気を張った。

「す、すみません。何となくそんな気がしたものですから」

いきなり変なことを口走ったのを詫びると、涼音は少しだけ引き攣った笑みを引っ込めたが、それでもそれまでの好意的な笑顔が嘘のようになくなった。当然だ。突然歩が気持ち悪い発言をしたのだから。

涼音はまるで歩を避けるように身を遠ざけ、不審げな顔でチラチラ見ている。先ほどまでの親しげな振る舞いはなかったことみたいに、涼音の目が疑惑で満ちている。

（失敗した…。黙っていればよかった）

どうやらうかつなことをしてしまったらしい。

涼音は仕事時間が終わる間際に歩のところにきて、歪（ゆが）めた顔で耳打ちしてきた。

「もしかして関根（せきね）さんがこの店に来たの？　私のこと何か言ってた？」

探るような目で見られ、関根が誰だか分からず戸惑うと、わざとらしいため息で返す。

「隠さなくてもいいわよ。あの人、あたしの勤め先に来ては嫌な話ふりまいていくの。どうせ旦那を寝取ったとか、手癖が悪いとか言ったんでしょ。もう最悪」

涼音はぶつぶつ文句を言いながら、怒った足取りで背中を向けた。

よく分からないが多分関根という人は涼音に恨みを抱いている女性だろう。歩が変なことを言いだしたのはその人のせいだと勘違いしている。気持ち悪い人だと触れ回られなくて助かったが、涼音に対する忠告はまったく届いてないみたいでがっかりした。

長い髪の女性は、関根という人だろうか。涼音に対する怨念がすごくて、生霊となって彼女のまわりをさまよっている。今まで嫌な気配を感じることはあっても、はっきり視えなかったのに、どういうわけか今日はすごくよく視える。霊の中でも生霊は一番厄介な相手だ。死んでいる霊なら除霊すれば消えてくれるが、生きている霊は一度追い払っても恨みがなくならない限りついてまわる。生きている本人の気持ちが治まらない限り、解決する道がないのだ。

偶然とはいえ涼音を撃退するのに成功したようだが、あまりいい方法ではなかった。涼音の態度はすっかり敵意に満ちていて、歩が相手の肩を持っていると思い込んでいる。

（この人も重いもん背負ってたんだなぁ）

涼音の背中を視ていると、あちこちでトラブルを巻き起こしてきたのがよく分かった。若い男を食っていたらしいが、何人もの女性や男性からの恨みや憎悪の念が感じられる。

（眼中にねーよって言い返すのと、どっちがよかったんだろ）

涼音の姿が見えなくなると、歩はため息を吐いた。

「天野(あまの)君、山本(やまもと)さんの仕事ぶり、どう？」

五時頃店長が店に顔を出し、バックヤードに歩を呼びつけて尋ねてきた。誰かの仕事ぶりについてどうだなんて聞かれたのは初めてで、歩は目を丸くした。

「どう…とは？　普通だと思いますけど…」

歩が首をかしげて答えると、店長の大芝(おおしば)が困った顔でため息を吐く。

「実は彼女に客からいくつかクレームが入っていてね、接客態度が良くないって言うんだ。それとなく注意して見てもらえないか」

大芝の言葉に歩は最初、驚いて頷くだけだったが、品出しの仕事をしながら、ハッと気づいてしまった。

（クレームって…西条君じゃない？）

その可能性に気づくと、血の気が引き、乾いた笑いがこぼれる。やけにおとなしく引き下がったと思ったが、そういう手に出たとは。今度たしなめておかねばなるまい。それにしても西条は手段を選ばないというか、敵に回すと恐ろしい。浮気しなくても、怪しいだけで折檻(せっかん)が待っていそうだ。

（いくつかって言ってたから、西条君だけじゃないんだな。なんだかすごい恨まれてたもんな。やっぱり悪いことってすると返ってくるんだなぁ…）

涼音は胸に病気の影も見えた。ちゃんとまっとうな道に戻ってくれればいいのだが。

商品の陳列を続けながら、歩はこれ以上考えても仕方ないと涼音のことを頭から追い出した。

その日は夕方頃バイトが終わり、歩は今日は何を食べようかと考えながら帰宅していた。西条が飲みに行くなら、冷蔵庫の残り物でチャーハンでも作ろうか。

ふいに電話がかかってきて、歩は慌ててバッグから携帯電話を取り出した。

着信名を見ると、父からだ。

『俺だ。正月に戻る予定だが、一週間滞在したらまた京都に戻ってくることになった。西条のほうはどうだ？』

挨拶もそこそこに父が切り出して、歩は焦って信号のところで足を止めた。今日は金曜日のせいか人が多い。誰かと肩がぶつかって、急いで道の端に身を寄せる。

「父さんのお守りで何とかなってるけど…。一週間しかいないの？」

『ああ、山籠もりするからな。――そろそろお前も、来ないか？』

何気ない会話だったのに突然誘いをかけられて、歩は言葉に詰まって黙り込んだ。

今日みたいに死んでいる人間や、生きている人間の念がよく視える日に電話をかけてくるなんて、嫌なタイミングだ。

「でも俺、まだ西条君と…」

信号が青に変わり、人々がいっせいに信号を渡り始める。歩だけが立ち止まり、流れる人の中で置いていかれる。

以前から父には修行しろと言われているが、西条と離れるのが嫌でもう少ししたらと先延ばしにしている。

『別に一生離れ離れになるわけじゃないんだし、いいだろうが。というか、多分お前は次の修行に参加するよ。昨日夢の中で死んだ母さんがそう言ってた』

父はまるで予言みたいな言葉をかけてくる。次の修行に歩が参加するなんて、ありえない話だ。いつかする予定ではいるが、修行を始めるのは五年は後にしてくれと西条から言われている。

「そんなわけないでしょ。ないない。三十路になる前にはするからさぁ…。とりあえず帰ってきたら速攻訪ねるから！　帰ってくる前日にメールでもいいから寄越してね」

父に念を押し、電話を切った。歩はため息を吐き、携帯電話をポケットにしまう。

修行に関しては頭を悩ませている。歩は多少霊能力はあるといっても、まるで使い物にならないレベルだ。時々すごくよく視える時があって、そういう時は死者の言いたいことや相手の人となりも分かるが、それ以外は神経を集中させないとコンタクトできない。ふだんはなんとなく嫌な感じがする、というのが分かる程度で、人を霊視したり、除霊したり、ましてや金をとるレベルまではいっていない。

一応歩もこの特異な能力を使って人々を救いたいと考えてはいるのだが、いかんせん今は煩悩にまみれまくっている。西条と一緒に過ごすのが楽しくて、とても冬山に籠もって滝に打たれる気にはなれない。西条と離れて、西条が浮気したらと思うと気が気ではないし、自分だって寂しくてきっと修行に身が入らないだろう。

(でもいつかは…ちゃんと将来を考えなきゃなぁ…)

修行を積んで、父のように仕事として霊能力を使いこなせるようになりたい。そのためには長い期間、家を離れなければならない。

問題はそこなのだ。修行の期間は長く、西条と離れて暮らすのが苦痛だ。

ぼんやりとそんなことを考えていた歩は、構内アナウンスの声が聞こえて、ぎょっとした。

「えっ⁉」

あまりに驚いたので思わず引っくり返った声を上げてしまった。どういうわけか自分は切符を握りしめて、千葉に向かう電車が入ってくる駅のホームに立っている。歩の声に周囲の人が不思議そうな顔で振り返り、視線を逸らしていった。

先ほどまで確かに信号のところにいたはずなのに、どうして自分はホームにいるのか。

（な、なんで俺、電車待ってんの⁉）

歩の家はコンビニから歩いて十分の距離にある。電車など使う必要はないし、ましてや出かけるつもりもなかった。しかも買い求めた切符の値段はけっこうな値段で、明らかに千葉までだと分かる。

（うあー…、久々につられた…）

ぼうっとしていた自分も悪かったが、おそらく来生の思いが強すぎて、それに引きずられたのだろう。いつの間にか家ではなく駅に向かっていたようだ。来生は家族とコンタクトをとってもらいたがっていた。ひょっとしたら父の護符が強力で、来生の霊は西条の傍にいられなくなったのではないか。だから近くにいた歩に憑いてきたのかも。

（まいったなぁ）

もうこうなったら行くしかないと決め、歩は入ってきた電車に乗り込んだ。運よく空いた席に座れたので、携帯電話を取り出した。

西条に来生の家を訪問するとメールで知らせる。すぐ帰るから、とつけたして、携帯電話をポケットにしまった。黙って行こうかとも思ったが、西条はこういうことに関して異常に勘がいいので、歩が内緒にしてもすぐばれてしまうのだ。くどいほど関わるなと言っていた西条には、帰ってから謝ればいいだろう。多少怒られてもいいから、来生の霊を成仏させるほうが歩にとっては大切だ。

（眠い…）

座席に腰を下ろした瞬間から、猛烈な眠気に襲われた。昨日は金縛りのせいでよく眠れなかったのだ。歩は電車の揺れを心地よいと思いながら、いつしか眠りについていた。

ぱちりと目が覚めて、歩は席を立って扉へと向かって歩き出した。

ちょうど電車がホームに止まり、自動的にドアが開く。ホームに下りて見知らぬ駅名を横目で見つつ、構内を出た。改札を出る時に気づいたのだが、来生が少し手前に立ち、誘導するように歩いていた。白くぼうっとした影が歩を導いて見知らぬ道を右に折れ、左に曲がる。

来生の家は駅から二十分ほど歩いた場所にあった。そこまでの複雑な道を迷うことなく歩は進み、見覚えのある道に出た。腕時計を見ると、すでに夕食の時間だ。ご飯時にお邪魔するのを申し訳なく思ったが、歩は来生家のチャイムを鳴らした。

中からの返答を待つ。

しばらくしてインターホン越しに若い女の声がしたので、歩は自分の名前を名乗って免許証を届けたものだと告げた。

ばたばたと音がして玄関の扉が開く。出てきたのは娘の依美だった。学校から戻ったばかりなのか、まだ制服を着ている。

「すみません、こんな時間にお邪魔して。少しお母さんと話したいんですが」

歩が頭を下げて告げると、依美はあからさまにがっかりした顔できょろきょろと周囲を見る。

「今日は西条さんはいないの？　なんだぁ…。おかあさーん、この前の人がきたよーっ」

玄関のドアを半分開けた状態で依美が奥に向かって叫ぶ。通してと言われたのか、不可解な顔をしつつも歩を中に入れてくれた。

「お邪魔します。すぐ帰りますから」

歩は何度も頭を下げて、中に上がった。相変わらず玄関から廊下にかけて暗い。節電でもしているのだろうか？　出されたスリッパを履いて、歩はリビングに入った。依美は西条がいないと知って、さっさと二階の自室に駆け上がっていく。

「まぁ…。どうかなさいましたか？」

出迎えた鏡子は疲弊した顔をしていた。まとめた髪もほつれているし、全体的に覇気がない。やはり来生が行方不明というのは精神的につらいのだろう。夫が詐欺を働いたというのも、つらい事実だ。歩はソファに腰を下ろし、どうやって来生の言葉を伝えようかと頭を悩ませた。

「あのー、うさんくさいと思われるかもしれないんですが、俺、霊能力というか…ちょっと人には視えないものが視えるんです。えーっとそれで、あの来生さんから頼まれまして」

向かいに座った鏡子に向かって、たどたどしく話し始める。我ながら怪しいことこの上ない説明だと思いつつ、とにかく用事をすませようと意気込んでしゃべり続けた。

「はぁ…？」

鏡子は眉を顰め、意味が分からないという顔をしている。歩は鏡子の右隣に立った来生の霊を見て、口を開いた。

「来生さんが申し訳なかったって謝ってます。騙すつもりじゃなかったって。君は悪くない、自分のせいだ、……苦しまなくていいって…えーっと…」

メッセージを伝えようと神経を集中させて、来生からの思いを読み取る。来生は言いたいことがありすぎるみたいで、受けるこちらが混乱してくる。来生の気持ちを読み取りながらしゃべっていたので、自分が何を話しているかよく分からなくなってきた。

「恨んでないから、俺のことは……、忘れてほしい…、クビになったこと言えなくて……、恨んでない、俺が悪かった、……殺されても……しかた…なかった」

来生の言い分を口頭で伝えているうちに、歩は妙な違和感を覚えて口を閉ざした。

今、何か恐ろしいことを言ったような…。

——殺されても仕方なかった。

「なんなんですか、あなた。何しにきたんですか」

鏡子は薄気味悪そうな顔で立ち上がり、ふらっと部屋を出て行った。とたんにどっと汗が噴き出て、歩は硬直した。一体自分は何をしゃべったのだ。恨んでないだの、殺されても仕方ないだの、まるで鏡子に宛てた言葉みたいだ。もっとちゃんと読み取って伝えなければならないのに、自分ときたら全然駄目で——。

「あ、来生さん」

リビングに鏡子が戻ってきて、歩は慌てて立ち上がった。すごく失礼なことを言ってしまった。詫びようと思って鏡子に近づこうとした歩は、その右手に握られているものに目を吸い寄せられた。

「どこで…知ったのよ⁉ 見てたの…？ 最初からそのつもりだったの…？」

鏡子は恐ろしい形相で包丁を握りしめている。そして力を込めすぎて真っ白になった指で、歩に刃を向けてきた。歩はパニックになって、両手を振り上げた。

「あ、あ、あのっ、来生さん…っ⁉ そんな危ないものを振り回しては…っ」

歩が落ち着かせようとして声を張り上げても、鏡子はぎらぎらした目で歩を睨みつけるだけだ。よく見ると鏡子は背中にいくつもの悪霊を背負っている。

（まさか来生さんを殺したのは、鏡子さんなの⁉）

頭が白くなり、歩はあわあわと両手を振り回した。鏡子は大人しそうな顔立ちが一変して般若のように恐ろしい面持ちになっていた。

「き…っ、来生さん…っ‼　お、お、落ち着いて、そんなの刺さったら大変なことになります！」

鏡子はもはや歩の制止など耳に入らない様子で、包丁をぶんぶんと振りかぶる。見ると鏡子にはべったりと悪霊が張りつき、耳元で目の前の男を殺せと囁いている。あのトンネルの近くで来生が殺されたのだとしたら、その場にいた鏡子にも、悪霊がとり憑いたということか——

歩は真っ青になった。

「来生さん、正気に戻って！」

「うるさい…っ、うるさい…っ、うるさい‼」

鬼気迫る顔で鏡子が包丁を振り回し、向かってくる。すんでのところで刃をかわし、ソファの裏側に逃げ込んだが、すぐにまた鏡子は荒々しい息遣いで襲いかかってきた。完全に悪霊に憑依されている。歩はとっさに椅子をつかみ、鏡子の包丁から身を守ろうとした。鏡子は獣みたいな唸り声を上げて、包丁を大きく振り回す。

「きゃあああ！　な、何してるの…っ⁉　お母さん⁉」

階下の騒ぎを聞きつけたのか、二階から下りてきた依美がリビングの惨状を見て悲鳴を上げた。間髪を容れず、チャイムが激しいほど鳴り響く。続けてドアがばんばんと叩かれる音。

瞬間的に西条が来たと察し、歩は依美に「ドアを開けて！」と叫んだ。

「や、やだ……っ、お母さん！　お母さんてば!!　どうしちゃったのよ!?　あんたお母さんに何をしたの!?」

依美は母親の狂気じみた様子に怯え、泣きながらうろたえるばかりだ。鏡子のほうはすでに悪霊に意識を乗っ取られていて、唸り声を上げて包丁で歩を殺そうとしてくる。半狂乱になった鏡子は娘の声も耳に入っていなくて、止めに入ろうとした娘にまで刃を向けてきた。危うく避けたものの、もはや鏡子には現状が判別できていない。

「お母さん!!」

「来生さん、正気に戻ってください!!」

暴力とは無縁の歩は、攻撃を避けるだけで精一杯だ。それでもじりじりとドア付近の依美に近づき、声を張り上げる。

「依美ちゃん！　ドアを開けに行って！」

椅子で母親の身体を押し戻しながら、歩は怒鳴った。やっと依美が我に返り、ドアを開けに身をひるがえす。

すぐに西条が駆け込んできて、「馬鹿野郎！」と身が震えるような大声を上げた。

「だから関わるなって言っただろ！」

「だって知らなかったんだーっ、それより早く助けてっ」

やっぱり西条が来ていた。歩は安堵のあまり涙ぐんで助けを求めた。西条は舌打ちして鏡子の傍にずかずかと歩み寄ると、振りかざした腕を掴んで捩じ上げた。いくら憑依されて暴力的になっているといっても、しょせんかよわい女性の力だ。西条のほうが強かった。

「もうやめろ！」

西条は強引に鏡子の手から包丁をもぎとると、激しい音を立ててその頬を叩いた。鏡子は床にどうっと倒れ、頭をぐらぐら揺らして西条を見上げる。

「あ…う…」

鏡子の目に光が戻ってきて、混乱した顔で口をぱくぱくとする。西条は奪った包丁を歩に手渡すと、鏡子の前に膝をついて屈み込んだ。

「わ…、私…？　私…何を…」

鏡子は呆然自失といった様子で、わなないている。

「そんなに苦しんでいるなら、自首しろ。嘘なんか、すぐにばれるんだぞ」

西条がよく通る声で告げると、鏡子はハッとして身を震わせ、顔を覆って泣き出した。歩はびっくりして西条を凝視した。何故西条がその事実を知っているのか、混乱して、ただ見つめるしかできない。

「お母さん！　どうしたの…っ、なんでこんなことになってるの…っ？」

それまで呆然として泣いていた依美は、泣き崩れる母にすがって、叫んでいる。鏡子はすっかり自分を取り戻したのか、涙で濡れた目で依美の肩を摑み、ごめんなさいと謝った。

「ごめん…ごめんねぇ…依美ちゃん…っ、私、お父さんを殺してしまったの…っ、あの人の言い訳を聞いていたら頭に血が上って突き飛ばしていたの…っ」

号泣しながら告白する鏡子を見て、依美がショックを受けて固まる。当然だ。失踪していると思った父が、実は母に殺されていたなんて夢にも思っていなかっただろう。

「嘘…っ、嘘だよね…っ？　嘘でしょ…やめてよ、嘘だよ…」

依美は相当衝撃を感じたのか、顔が真っ白になっている。今にも倒れそうな様子でしゃがみ込み、謝り続ける母親を凝視している。

「ごめんなさい…っ、ごめんなさい…っ」

鏡子の涙が胸に痛いほど突き刺さって、歩も涙ぐんだ。歩はどうすればいいのか分からず救いを求めるように西条を見た。すると、じろりと怖い顔で睨まれた。

「俺たちは無関係だ。警察に言う気もないし、もうあんたらに二度と関わらない」

西条は冷たいと言ってもいいほどそっけない声で告げ、歩から包丁を取り上げてキッチンに消えた。手ぶらで戻ってきた西条は、無言で歩の手首を引っ張り、玄関へと歩き出す。今気づいたが、西条は土足のまま上がっている。

「西条君…っ、こ、このまま行っちゃうの…？」

泣き続ける鏡子と、その前にへたり込み悄然とする依美——歩は二人が痛々しくて目が離せず、家から出て行こうとする西条を引っ張り返した。

「俺たちには関係ないだろ。もうできることはない、行くぞ」

強張った顔で歩の腕を引く西条は、ひどく怒っていた。当たり前だ、あれほど止められていたのに勝手に出てきてしまった。まさかこんな結末が待っていたとは思わなかったから——歩はただ死者の思いを伝えたかっただけなのに。

そういえば西条は殺される夢を見ていたと言っていた。今頃分かった。鏡子が殺した場面を見たのだ。だからことさら関わるなと念を押してきたのだ。

「西条君…っ、でも、でも…っ」

自分たちには無関係だというのは分かっていても、このまま立ち去ることなどできなかった。泣き崩れる二人を放置して帰るなんて、無責任すぎる。歩が頑なに戻ろうとすると、急に苛立った顔で西条が歩の頬を叩いた。

「いい加減にしろ！　お前がこの家の秘密を暴いちまったんだぞ！　俺たちは警察じゃない、これ以上関わって、俺たちに何ができるっていうんだ⁉」

西条に怒鳴られて、歩はハッとして硬直した。西条に叩かれたのもショックだったが、それ以上に指摘された内容の重さに改めて気づき、血の気が引く。

こうなってしまったのは、自分のせいだ。

歩がやってきて事実を暴いたせいで、依美は鏡子のした行為を知った。実の父親を母親が殺すという事実——歩が余計なことをしなければ、このまま闇に葬られたかもしれない事実を。

「西条君…」

急に足ががくがくしてきて、立っていられなくなった。西条はしまったという顔で唇を嚙み、乱暴に歩の身体を引っ張った。

来生家を出ると、外は真っ暗だった。歩は凍りついた表情で西条に引かれるまま歩き、己のした罪の重さに動揺していた。こんなことになるなんて思わなかったから、来生の思いを伝えた後どうなるかなど考えていなかった。自分は馬鹿だ。大馬鹿だ。

西条の言うとおり、自分たちは警察ではない。鏡子のした罪を暴く権利などなかったのに、のこのこやってきて一つの家庭を壊してしまった。

「…クソ、こっち来い」

西条は駅の近くにあった公園に入ると、歩を寂れたベンチに座らせた。絶望的な顔をしていたのか、西条が缶コーヒーを買ってきてくれた。

「悪かった、叩いたりして」

ベンチに座る歩の前にしゃがみ込み、西条が温かい缶コーヒーを手に押しつけてくる。缶コーヒーの熱さに、自分の手がひどく冷たくなっていたのを知った。

「西条君…俺、どうしよう…」

じわじわと後悔の念に襲われ、歩は色を失った顔で西条を見つめた。あの二人はこれからどうなるのだろうか。鏡子が警察に行ったら、一人娘の依美はどうなるのだろうか。両親を一度になくしたようなものだ。歩のせいで。

「おい、悪かった、つい言い過ぎた。お前のせいじゃない。クソ…だから俺は関わってほしくなかったんだ。あの女が捕まろうがどうしようが知ったこっちゃない、けど……お前がそのきっかけを作ったら、絶対罪の意識に苛まれるだろ」

吐き捨てるように西条が告げ、歩の隣に腰を下ろす。

「俺が悪かったよ、俺は犯人を知っていたんだから、お前に話すか警察に密告すりゃよかったんだよな。……ふだん塾で子どもを教えているから、ついあの娘のこと考えちまったんだ。犯罪者の親を持つ子どもがどれほど大変か知っているから、ばれないならばれないままでいいじゃんって思っちまったんだよ」

ぐしゃぐしゃと髪を掻き乱し、西条が低い声で打ち明ける。

「最初から分かってたわけじゃねーんだ…。あの家に行って、奥さんに会った瞬間、突き飛ばされた映像が浮かんだ。俺は自分に関わりさえしなきゃ、他人の家の事件なんてどうでもいい。このまま無関係でいる気だった…お前がメールで来生の家に行くっていうから、急いで追いかけてきたんだ」

西条は鏡子が犯人だと知っていたから、歩の身を心配したのだろう。

何だか頭の中がぐちゃぐちゃだった。いつも自分を馬鹿だと思っていたけれど、今日ほど痛感したことはない。

歩はうつむいたまま、缶コーヒーを握りしめていた。全身に岩でも乗せられたみたいに、重くて動けなかった。

「もう帰ろう」

黙り込む歩の手を引き、西条が珍しく優しい声を出して促す。

「帰ろう、うちに」

西条の力に引っ張られ、歩は自然と歩き出していた。

電車に揺られて自宅に戻る途中も、西条は何も言わなかった。歩を責めず、黙って隣にいる。けれどその沈黙は歩にとって事の大きさを感じさせるものだった。

鏡子が捕まったら、依美はどうなるのだろうか。

「西条君…、もし…」

その夜、ベッドに潜り込んだ時、歩はとうとう耐え切れず西条に問いかけた。部屋の電気を消そうとして壁際にいた西条が振り返る。歩が暗い顔をしていたせいか、西条は真面目な顔でベッドの縁に腰を下ろした。

「もし…あの奥さんが自首したら、あの子…どうなっちゃうの？」

鏡子の罪を知らなかった歩は、事態の重さに今さらながら気づいた。すでに父親は亡くなっているし、その上母まで失ったら、残された依美はどうなるのだろう。

「親戚で引き取る奴がいればそっちへ行くだろ。いなければ……養護施設に入るだろうな。まだ十八歳未満だろうし」

事務的な口調で西条は告げ、絶望的な顔になった歩の頭を軽く小突いた。

「しょうがねぇだろ。お前が何かしなくても、いずれ捕まったかもしれないし、罪の重さに耐えかねて自首したかもしんねぇし…。大体俺たちが訪ねた時だって、あの奥さん目が泳いでたぜ。びくびくしてたし、気づかなかったのか？」

「全然気づかなかった…」

「もう考えるのやめとけよ」

大きな手が歩の頭を撫でる。沈みこむ歩を抱き寄せ、西条が囁く。

考えるのをやめられたらどんなに楽になるか。けれど考えまいとしても、すぐに頭は鏡子のヒステリックな叫び声や、依美の泣き崩れた姿を再生する。

大変なことをしてしまった。

頭の中にあるのはその一点ばかりだ。

これまでも西条を苦しめる影や知人が苦しむ元凶を探ろうと奔走したことはある。けれど今回の件は、今までのとはまったく違っていた。これは刑事事件で、歩が手出しできる事件から逸脱していた。

ごめんねと謝ればすむ問題ではない。鏡子は裁判を受け、殺人罪で刑務所に入るかもしれない。歩のしたことがきっかけで。

――大変なことをしてしまった。

歩は重苦しい気分で、真っ暗な部屋の天井をひたすら見つめていた。

しばらく歩は浮上できずに日々を過ごしていた。

毎日考えることは、あの日もう少し上手くやれる方法があったのではないかという後悔ばかりだ。

以前から父によく「何の力もないのに、誰かを救おうなんて考えるな」と言われていた。あれは歩の中にある邪（よこしま）な思いを見抜いていたからかもしれない。普通の人には視えないものが視えることで、歩に優越感めいたものがあったのではないか。だからできもしないのに、今回の事件のように下手に手を出してしまう。修行を積んだ父なら、きっともっと上手く対処したに違いない。

自分には何の力もない。

今さらながら、それを強く感じた。

だから父の言うように、どんなに気になっても己の分を弁えて手出しすべきではないのだ。そうしないと余計に場を混乱させる。

（俺は、それでいいのかな。だって俺には視えているのに…。何もしないで、本当にいいのかな）

バイト先でも家にいても、その悩みは歩についてまわった。

自分の行きたい道、進むべき道——誰かを救いたいと願う気持ち。

自分でも整理ができない雑多な思いに囚われる。

そのたびにあの日父からかかってきた電話が頭に蘇った。歩が次の修行に参加すると予言した父は、歩の未来が視えていたのだろうか。

歩もようやく気づいた。この能力を使うなら、ちゃんとした師に習って、コントロールできるようにならなければいけない。それができないなら、使うべきではないのだ。過ぎた力には振り回されるだけだと、知っていたはずなのに、歩は自分の力を過信して一つの家庭を壊してしまった。

（俺は…どうするべきなんだろう…）

西条と離れたくなくて避けていた道は、歩の前に立ちふさがっている。

鬱々と考え込んでいた頃、西条から呼び出しの電話がかかってきて歩は駅まで向かった。

駅周辺の町並みは、すっかりクリスマスの装いに変わっている。暗い気分で過ごしていたので気づかなかったが、十二月に入り、世間はクリスマスモードになっている。

西条からの電話は、外食しようという誘いの電話だ。最近落ち込み気味の歩を元気づけようとしてくれてのことだろう。マフラーを首に巻き、歩は駅前の少女像が置かれている待ち合わせ場所に急いだ。

そして、待っていた人を見て驚いた。

「遅ぇぞ」

西条の隣に、見覚えのある母娘が立っていたのだ。忘れるはずもない、歩をずっと悩ませ続けている鏡子と依美だ。鏡子はすっかり元気を取り戻した顔になっていて、隣にいる依美もぎこちないながらも笑顔だ。歩はびっくりして二人を凝視し、ついで西条を見た。

「さ、西条君…っ、これって…」

歩はもうてっきり鏡子は捕まるか、どこかに逃亡していると思っていた。殺人罪は重く、暗い結末しか想像していなかった。二人が元気な姿で目の前に現れるなんて、これっぽっちも思い描いていなかった。

「とりあえず喫茶店でも入るか」

何の説明もないまま西条に誘導されて、駅前の喫茶店に入る。四人掛けのテーブルにつき、コーヒーとジュースを頼むと、深々と鏡子が頭を下げた。

「その節は大変失礼なことをいたしまして、本当に申し訳ありません…」

丁寧な態度で謝られて、さらに驚いて目を丸くした。一体どうなっているのか。歩がぽかんとしているのがおかしかったのか、西条が笑って説明してくれた。

「びっくりするぜ？　俺は話聞いて、かなり驚いた。依美ちゃんから塾のほうに電話がかかってきてな、どうにか母娘二人で暮らせそうだって言うからさ。事実は小説より奇なりっていうだろ、あんな感じだ」

西条は一人で悦に入って、ニヤニヤしている。歩はちっとも分からなくて、はてなマークを振りまくしかできない。鏡子が苦笑して唇を開く。

「はい、本当に…もう罪を償うつもりでおりましたから、事実が明らかになって驚きました。実はあの日——お二人が帰って行った後、依美と話し合って、自首しに行ったのです」

鏡子は懐かしそうな顔でぽつぽつと話し始めてくれた。

鏡子はずっと夫を殺した慙愧（ざんき）の念にかられ、毎日苦しんでいたという。

話は二カ月前にさかのぼる。来生は詐欺罪で警察に捕まる前に、鏡子をドライブに連れ出した。さすがに逃げられないと思ったのだろう。捕まる前に鏡子に謝罪しようとして、こともあろうにあのトンネルの近くで事情を明かした。来生としてはこの先二人の行く末が心配だったようだ。だが、夫が詐欺を働いていたことを知った鏡子は逆上した。何人もの女性を騙したと知り、嫉妬と不倫をされた怒りで頭に血が上った。鏡子は来生を突き飛ばし、崖から転落させた。あの場所には浮遊霊が無数にいたから、鏡子は一時的に憑依されたのかもしれない。怒ると霊にとり憑かれやすい体質なのだろう。

我に返った鏡子は、取り乱した。自分のしたことに、頭が真っ白になったという。鏡子は来生が死んだものと思い、死体を調べることまではしなかったそうだ。己の犯した行為に怯え、車で自宅まで逃げ帰った。

「毎日、いつ警察が自分を捕まえに来るのかと、そればかりが恐ろしくて…」

歩たちが訪ねた頃は、罪の意識に苛まれ日々憂鬱な気分だったという。鏡子は申し訳なさそうに何度も歩に頭を下げた。

「今思えば、本当に馬鹿でした。依美のためにも捕まってはいけないとそればかり考えていたんです。あなたがまたいらした時は、強請(ゆす)るためだとばかり思って。どこかで自分が夫を突き飛ばしたのを見たんだと誤解して、あなたを消して、罪を隠すつもりでした」

苦しげに鏡子はあの日の思いを打ち明ける。

けれど西条に取り押さえられ、我に返った。歩と西条が帰った後、鏡子は依美に事実を打ち明けた。そして依美に説得され、とうとう自首したのだ。依美は鏡子が思うより強く、まっとうだった。依美は父に関しても、逃げ回っていることが我慢ならなかったらしい。子どもらしい潔癖さで、罪を償ってほしかったようだ。その父を母が殺してしまったと知り、絶望的な気分になったが、謝り続ける母を見たら、すべてを受け入れる気持ちになれたという。

「それで警察に参ったわけなのですが…」

鏡子が下げていた顔をふっと上げて、苦笑した。

意外なことに鏡子の自白を元に調査した結果、来生の遺体はその崖の下から見つからなかった。後日判明したのだが、来生はどうやら突き落とされても生きていたようで、自力でガードレールまで這い上ってきたらしい。歩と西条が見つけたバッグがあそこにあったのは、来生があそこで持ち物を捨てて行ったからだ。

来生は鏡子をそこまで追い詰めてしまったことと、詐欺罪で逃れられないことに絶望し、あのトンネルから北に一キロ行った先にある雑木林で首を吊って亡くなっていた。遺体には身元を証明するものが何もなかったので、ずっと身元不明者として安置されていたそうだ。

「そうだったんですか…」

歩はびっくりして口を半開きにした。

てっきり鏡子が殺したものとばかり思っていたので、こんな展開は予想外だった。鏡子のした罪が消えるわけではないが、直接の死因とは関係がないのでそれほど重い罪には問われなかったらしい。

そこまで聞いた瞬間、歩の頭の中には来生の最期の映像が流れた。

（あ…。これって…）

暗い山道をふらふらと歩く中年の男性がいる。

来生は転落したせいで、かなり重傷だった。だがこのまま死ねば鏡子が罪に問われると思ったのだろう。依美が一人になってしまうのを心配した来生は、自殺という死因を選ぶことで家族を守ろうとした。

来生がネクタイを外し、自分の体重がかかっても折れない枝を探し回る光景が頭に流れる。恐ろしい場面なのに、何故かあまり怖くなかった。それどころか胸が熱くなって、泣きそうになった。

これは自殺ではない。家族を守るための死だ。

（来生さん…あなたは…）

歩は膝の上に乗せていた手をぎゅっと握った。

家族を守るための死だとはいえ、歩はやはり生きていてほしかったと思う。救急車を呼び、ちゃんと怪我を治し、自分の罪を償ってもらいたかった。けれど家族を守るために自殺という道を選んだ来生の気持ちも少しだけ分かった。

来生は家族に落伍者扱いされることに耐えられなかった。この人はとても弱い人だ。リストラされたと言えず、詐欺を働いてでも家族に金を届けようとする来生の性分が歩には読み取れた。だからこそ自首するより、自殺するほうが彼には楽だったのだ。

歩はそれを鏡子には伝えなかった。言おうかと思ったが、結局黙っていた。言うべきなのか、言わないほうがいいのか——常にこの問いは歩を苦しめていくだろう。真実をすべて明らかにしないほうがいい場合だってある。

「あの…、霊視って言うんですか…？　そういうのができると聞きまして…。あの時は取り乱してしまいましたが、もう一度お聞きしたいのです。夫はなんと申しておりましたか？」

鏡子は憑き物が落ちたみたいに穏やかな顔をしていた。あの時憑依していた霊たちはどこかに消えていた。娘と話し合い、謝り、理解し合うことで、立ち直ったのだ。

ふっと見ると、鏡子と依美の間に来生の霊が立っていた。未練が消えたのか、ちゃんと生前の優しそうな面立ちになっていた。何故か分からないけれど、今日は来生の声がよく聞こえる。彼の伝えたいことが、全部二人に伝えられる。

「はい、すまなかったって言ってます…」

歩が来生が言っていることをそのまま教えると、鏡子も依美も涙を流して聞いている。一時間も話していただろうか。鏡子と依美の顔が目に見えて明るくなり、歩に対して深々と頭を下げてきた。これから母子家庭で強く生きていくと言っている。

「もう夢物語は終わったか？　言っておくけど、俺はぜんぜん信じちゃいないからな。でも二人が明るくなれたのならいいんじゃないか？」

あいかわらず霊を信じない西条が、自分の立場を主張するためか、話が終わったとたん偉そうに言ってくる。すると何故か鏡子と依美が笑い出した。

「お父さん、そっくり！　お父さんも霊とかぜんぜん信じてなかったよね」

依美が懐かしそうな目で来生を語る。こんなところで西条と来生の似ている点を発見できるとは思わなかった。指摘された西条が仏頂面になって、歩はおかしくなって声を立てて笑った。

こんなふうに憂いなく笑えたのは久しぶりだ。

駅前で、鏡子と依美とは別れを告げた。二人の後ろ姿を見送り、歩は心の中にぽっかり空いていた隙間が埋められていたのを知った。

人間って不思議だ。

優しくも恐ろしくもなれる。

鏡子と依美と別れ、歩は西条と夕食をすませてから帰路についた。家までの帰り道、歩は心からの思いを込めて西条に礼を言った。

「西条君、ありがとう」

西条は霊嫌いで霊能力も信じていないくせに、わざわざ鏡子と依美を引き合わせてくれた。

「礼はいらない。お前のメシ、最近パンチが足りねーから早く浮上してほしかっただけ」

西条は照れ隠しなのか、いつも通りそっけない声だ。

なるべく普通にしているつもりだったが、元気がないのはばれていたようだ。西条に心配をかけていたのに気づき、歩は胸がいっぱいになった。

頭上を見上げれば、欠けたところが少しもない煌々と光る月。人けがないのに気づいて歩は西条の身体に寄り添った。自然と西条の手が肩に回って、足並みをそろえて歩いてくれる。いつもは速足で人のことを平気で置いていくくせに、今日の西条は珍しく気を遣っている。

「西条君、俺…年が明けたら、父さんのとこ行って修行してきていい？」

それまでずっと悩み続けていた答えが頭の中に出て、歩は西条に問いかけた。

西条はわずかに足を止めたが、歩がそう言いだすのはある程度予想していたのか、いきなり怒り出すようなことはしなかった。けれどいかにも不満そうに顔を歪め、大きくため息を吐く。

「やだ」

低い声で西条に告げられ、歩はぎゅっと唇を噛んだ。

肩にかかっていた西条の腕がするりと離れていく。それが無性にさみしかった。

「西条君、俺…。俺、行きたいんだ。予定より早くなっちゃったけど、ちゃんと修行して、それで…」

以前からいずれは父の跡を継ぐために、修行に出るという話はしていた。けれど西条から、せめて五年は先にしてくれと頼まれていたのだ。西条と出会い、毎日が楽しくて、歩も修行は後回しでいいと思っていた。今は二人でいる時間を大切にしたかったのだ。

でもそれでは駄目なんだと歩は気づいた。

こんなふうに自分の力に振り回されて、誰かを傷つけるはめになる。ちゃんと自分の力をコントロールできるようになって、その人にとって何が本当にためになるのか、見極められるようにならなきゃいけない。

そのためには父の元で、きちんとした修行を受けなければ駄目だ。

父の予言は、本当にそのとおりになってしまった。

「俺、しばらく単身赴任のお父さんみたいな生活になっちゃうと思う…、でも西条君に待っててほしいし、う…浮気とかしてほしくないし…、それに…」

無言で歩き続ける西条に、歩はしどろもどろになって自分の感情をぶちまけた。

「お前俺の言ってること、聞いてるか？　俺は嫌。……大体俺は霊とか信じないって言っただろ。修行とかわけわかんねーし、待ってろって言われても、嫌だし。……つか、俺から離れるのとか認めないし」

西条はそっぽを向いて、ぼそぼそとしゃべっている。二人の間に張りつめた空気が流れる。西条がこんなふうに動揺した声を出すのは初めてだ。自分の発言が西条を傷つけているのが分かる。それが悲しくて、苦しい。けれどこれは避けて通れない問題なのだ。

「西条君…、でも俺は…」

内心では歩だってまだ西条と離れたくない。西条が新しい彼女を見つけたらと思うだけで心は乱れるし、もともと誰彼かまわず寝ていた西条が、歩のために大人しく待っていてくれるのか分からない。疑えばきりがないが、つき合い始めてまだ二年にも満たない関係だ。絶対的な自信があるほど、深い信頼は結べていない。

「お前さぁ…。どーしても今すぐ修行に行くって言うなら、別れてくれ」

ふいに西条が立ち止まり、冴えた眼差し(まなざし)で見据えてきた。歩はどきりとして身体を強張らせ、泣きそうな顔で西条を見上げた。西条と別れる――そんなことになったら、毎日泣き暮らすことになる。想像しただけでも涙がこぼれそうなのに、現実になるなんて。

「西条君…、俺は…」

西条と別れるのは、嫌で嫌でたまらないけれど、もしそうなったとしても歩は今、行かなければならない気がするのだ。包丁を振り回す鏡子と泣き叫ぶ依美を見てしまったから。あの時歩は何もできなかった。西条がタイミングよく来てくれたから何とかなったが、いつもいつも西条が助けてくれるのを待つわけにはいかない。

自分の足で立つためにも、ちゃんとした力を身につけなければならない。

「俺……ごめん」

西条に申し訳なくて歩がうつむいて声を絞り出すと、再び頭上にため息が落ちてきた。

「あー…マジ最悪。別れるって言ってもやめねぇのかよ。お前さ、俺のことだから寂しくてその辺の女、ひっかけるかもよ。俺の身持ちの悪さは知ってんだろ、お前と違って俺は禁欲生活しなきゃいけないってわけでもねーし。お前の帰ってくる場所なんかないかもな。家戻ったら知らねー女がいるかも。クソ、何で俺が振られた気分になってんだ。覚えとけよ、悪いのは全部俺を放っておいたてめーだからな」

再び歩き出して西条が頭を掻きながら、そっけない声で吐き捨てる。じわりと涙が滲(にじ)んできて、歩はその場に突っ立ったまま西条の背中を見つめた。

西条の背中が怒っている。そしてとても悲しんでいる。歩と同じくらい、別れを嫌がってくれている。猛烈にたまらない気持ちになり、歩はダッシュで走り出し、西条の背中に飛びついた。

「うわ…っ」

いきなり背後からしがみつかれたので、西条がバランスを失いよろめいた。西条が振り返って怒鳴り出す前に、歩は大声で叫んだ。

「西条君！　愛してるんだよ！」

ぎゅうぎゅうと西条の背中に抱きつき、歩は腹の底から声を出した。通りすがりの女性がギョッとした顔で振り返り、奇異な目を向けてくる。西条も唖然(あぜん)とした顔で歩を見つめ、口を開けている。

「大好きだよ、愛してる！　別れたくないよ！　でも行かなきゃいけないんだ、ごめんなさい！　俺本当に心から西条君のこと愛してるの！」

泣きながら声を張り上げると、無理やり西条の背中からべりっと剝がされた。

「西条君、俺は西条君だけなんだよ！　別れるなんて嫌だ！　俺は誰よりも――」

「もう分かったから！」

愛してると声を張り上げようとした矢先、西条の大きな手が口をふさいできた。女子高生がチラチラこちらを見ている。往来でこんなこと叫ぶべきではなかったかもしれない。けれどこの突き上げるような想いを、西条に今伝えなければいけない。たとえ別れることになったとしても、歩の気持ちがどこにあるのかを分かってほしい。

「分かってるよ…、ったく…、あーもー」

ぼろぼろと涙をこぼす歩を見て、西条が嫌そうに顔を顰める。

「あー何で、俺はこんなうぜぇ奴を好きになったんだ。マジうぜぇ、最悪。燃えるごみの日に出してやりたい」

西条の手が口から離れ、ぼこりと頭を叩かれる。それほど力を入れたわけではないから痛くはなかったが、けっこう派手な音がした。

そして西条が肩から力を抜いて、うなじをがりがりと掻いた。

「……別れる…つっても行くんなら……しょうがねーだろ…。ほら、帰るぞ」

西条が仕方なさそうに、つっけんどんに手を差し出してくる。

歩は目を見開き、急いで涙を拭って西条の手を握った。西条は苦笑して歩を引っ張ると、マンションに向かって歩き出す。

「……早く帰ってこいよ」

ぽつりと西条が呟く。

歩はまたこぼれてきた涙を袖で拭い、うんうんと頷いて、西条の手を強く握りしめた。

「あんま、俺を寂しがらせんなよ」

もう一度頷いて、西条を見上げる。西条はもう怒った顔はしていなかった。仕方ないな、と言いたげに苦笑し、黙って歩の頭を掻き乱す。

西条の腰に空いた腕を回して、歩はしばらく抱きついていた。


自宅に戻ると、靴を脱ぐ間ももどかしくキスを交わした。

キスをしている最中にマフラーを外され、着ているセーターも頭から抜かれる。もつれ合いながら西条と寝室に飛び込み、ベッドの上で深く唇を重ねた。

「ん…、ん…」

覆いかぶさってきた西条が、歩の上唇を舐める。いつもより性急な口づけが、ひどく求められている気がしてぞくぞくした。伸ばした舌に西条の舌が絡みつく。敏感な場所が触れ合うと、頬が紅潮して息が荒くなった。

「う…、ふ、はぁ…っ」

長いキスを続けているうちにぼうっとしてきて、目がとろんとなる。

西条の大きな手が髪を掻き上げ、吐息が耳朶にかけられた。それすらも感じてしまって、歩はびくりと身を震わせた。

「西条君…」

いつの間にか中に着ていたシャツは全部ボタンが外されていた。歩が赤くなった顔で期待して西条を見上げると、どうしてほしいか分かったみたいで、西条が小さく笑って屈み込んでくる。

西条の舌が、歩の乳首を軽く吸う。

「んう…っ、ぁ…っ」

生温かい舌先で乳首をくすぐられ、腰に熱い痺れが走った。西条は片方の乳首を舐めながら、もう片方の乳首を指で弾いていく。両方の乳首を刺激されると、一気に感度が高まり、全身が熱を帯びた。

「あ…っ、あ…っ」

ベッドの上で跳ね上がるようにして、歩は甘い声をこぼした。西条の舌で激しく乳首を突かれ、下半身に熱がたまっていく。西条は大きな音を立てて乳首を吸い、軽く歯で嚙む。そうされると下腹部があっという間に張りつめていくのが分かる。

「や…っ、ぁ…っ、さ、西条君…っ」

西条は長い間乳首ばかり弄っていて、なかなか下には触ってくれなかった。ズボンの中で性器が苦しいくらいになっている。歩が自ら脱ごうとすると、それを制されて、両手を上でひとまとめにされてしまう。

「西条君…っ、もう下着濡れてるから…っ」

真っ赤な顔で歩が訴えても、西条は乳首を引っ張って艶めいた笑みをこぼすだけだ。

「乳首でイけただろ、この前」

意地悪く囁いて、西条が尖った乳首を指先で弾く。

「ぁ…っ、あ…っ、や、だ…っ、下も触って…っ」

指先で乳首を摘まれて、歩はもどかしくて上擦った声を上げた。ズボンを脱がされないうちから愛撫されて、下着の中はとっくにどろどろだ。気持ち悪くて恥ずかしい。そんな歩を分かっているのか、西条が膝で股間をぐりぐりと押してくる。

「や、ぁ、ああ…っ‼」

感度がかなり高まっていたのもあって、少し下腹部を撫でられただけで吐精してしまった。歩が仰け反ってすごい声を出したので、西条にも分かったのだろう。西条がようやく拘束している手を離し、歩の腰からズボンを脱がしてくれる。

「ひ…っ、は、ぁ…っ、はぁ…っ」

歩が荒く息を吐いていると、西条が脱がしたズボンを床に落とした。西条は興奮した目つきで歩を見下ろし、濡れた下着を上から揉む。

「ひあ…っ、ぁ…っ」

ぐちゅっという音がして、歩は大きく腰を跳ね上げた。下着を穿いたまま射精したので、濡れて色が変わっている。西条はゆっくりとこれみよがしに、湿った下着を下ろしていく。

「すげぇな…糸引いてる」

どろどろになった下着を膝の辺りまで下ろすと、西条が煽るように囁いた。恥ずかしくて歩は耳まで熱くした。西条はびしょ濡れになった歩の下腹部を撫でまわし、濡れた指を尻のはざまに滑らせる。

「ぬるぬるだから、指入っちまうぞ」

揶揄するように西条が告げ、中指を蕾に埋め込んできた。同時に身体に電流が走り、入れられた指をきゅっと締め上げてしまう。面白そうに西条は笑い、入れた指を出し入れしてきた。

「あ…っ、やぁ…っ、ひ…」

ずぷずぷと指が根元まで入っては出て行く。じわりとした疼きが指を入れられた場所から生まれ、歩は徐々に声を甲高くしていった。

「足、持ってろ」

西条に促され、両足を自分で抱え込む恥ずかしい体勢になった。歩が荒い息遣いで西条を見上げると、両方の中指を中に入れられる。

「ひ…っ、ん…っ、ぁ…っ、んぁ…っ」

西条の指は簡単に中に入ってきて、穴を広げるように動き回る。あらぬ場所に注がれる視線に、歩はかぁっと頭が熱くなった。

「お前の中、丸見えだ」

尻の穴を広げて、西条が囁く。

「やぁ…っ、い、言わないで…っ」

無性に恥ずかしくて、顔を背けて涙声になる。恥ずかしいのに身体は熱くなる一方で、銜え込んだ西条の指もぎゅうぎゅう締めつけている。時おり西条の指が感じる場所を擦っていくので、つま先が震えて仕方ない。

「んぅ…っ、ひ…っ、はぁ…っ、はぁ…っ」

先ほど達したというのに、まだ性器は反り返ったままで、熱は上がる一方だ。西条は執拗なほど指で内部を掻き混ぜ、歩の身体がびくんびくんと跳ねるのを見ている。

しだいに蕾がほぐれていくと、指では物足りなくなってきた。歩はじれったくなってシーツの上で身悶えた。

「西条君…っ、もう入れて…っ」

歩のかすれた声に西条は笑ってやっと指を引き抜いてくれた。

「そんなにやらしい顔で誘うな」

西条が頬を撫でて、着ていたシャツを脱ぎ捨てる。西条は手早く次々と衣服を床に落とし、全裸になって歩に重なってきた。

「入れるぞ」

とっくに大きくなっていた性器を尻のはざまに押しつけられる。歩が興奮した顔で頷くと、ゆっくりと先端を埋め込んでくる。熱くて硬いモノがずぶずぶと内部に入ってきて、歩は息を呑んだ。何度もこうして繋がってきたのに、何度されてもまだ慣れない。歩は引き攣れた息を吐き、足を大きく広げられて仰け反った。

「ひゃ…ぁ、あ…っ、あ…っ」

男の凶器で犯される感覚は、喩えようもないものだ。西条の性器で貫かれると、自分の意思ではコントロールできなくなり、西条から与えられる快楽に嬌声を上げるしかない。

「あー…、気持ちいいな…。お前、やらしい匂いがしてる…」

歩の足を抱え上げて、奥まで入ってきた西条が熱い息を吐いて呟いた。西条が気持ちよさそうだと、歩も頭の芯まで痺れてくる。大きく張りつめた性器が中で脈打って、えも言われぬ快楽を歩にもたらす。

「ひ…っ、あ…っ、あぅ…っ」

小刻みに西条が腰を動かしてきて、歩は甘ったるい声をこぼした。性器で奥を突かれると、声が我慢できない。ずん、と穿たれるたびに腰から力が抜けて、深い快楽に支配される。西条とは身体の相性がいいのか、それとも歩の感度が良すぎるのか、抱かれるごとに溶けてしまいそうになる。

「や…っ、ぁ…っ、あ…っ」

西条の律動が少しずつ深くなっていき、奥まで大きなモノで突かれる。根元まで埋め込むと西条も気持ちいいらしく、震える吐息を被(かぶ)せてきた。

「西条君…好き、…ぁ…っ、す、き…っ」

西条の首に腕を回し、舌足らずな声で必死に告げていた。すると西条の動きが激しくなり、内部をめちゃくちゃに掻き混ぜてくる。怖いくらい中を穿たれて、悲鳴に似た嬌声があふれる。

「やー…っ、あー…っ、あー…っ」

火傷(やけど)しそうなほど性器を出し入れされて、身体がびくびくと跳ね上がる。

射精していないのに、出しているみたいに気持ちよくてたまらなかった。西条の性器で突き上げられるたびに、感じすぎて涙が滲んでくる。

「…っく、馬鹿、そんな締めるな…、すぐイっちまうだろ…」

奥をぐりぐりと突きながら、西条が上擦った声を出す。身体が勝手に反応してしまって、中にいる西条をきつく締め上げていた。精液は出ていないのに、まるで絶頂に達したみたいな感じだ。

「あー…っ、ひ…っ、ぃあ…っ」

西条の手が脇腹や太ももに触れるだけで、みっともないほどびくっと震える。身体中が敏感になっていて、ささいな動きにすら強い反応を返していた。

西条に抱かれて、繋がり合って、これ以上ないほど気持ちいい。

「やべぇ…、もうイきそう…」

息を荒らげながら、西条が穿つ速度を速めていく。深いストロークで奥を何度か突かれた後に、急に西条が大きく息を吐き出した。

内部に精液があふれてくる。どくどくと西条の鼓動を感じる。西条は獣のような息を吐いて、大量の精液を中に出してきた。

「ひ…っ、は…っ、はぁ…っ、はぁ…っ」

西条の動きが止まっても、身体中が熱くて歩は胸を震わせて呼吸を繰り返していた。西条が汗ばんだ身体を重ねて、歩の唇を求めてくる。

「お前の匂い……ちゃんと覚えておかないとな…」

キスの合間に西条が囁く。急に寂しくなって歩は西条にきつく抱きつき、その唇を吸い返した。

西条の身体が熱くて心地いい。歩は西条とキスをかわし、繋いだ身体を離せずにいた。

何度も抱き合い、明け方近くに二人で折り重なるようにして睡眠を貪った。

昼頃目覚めても離れがたい想いがあって、くだらないことをしゃべりながらずっと毛布に包まっていた。

西条はしきりと修行とは何をするのかと聞きたがったが、あれこれ話しても「ありえない」とか「そんなの漫画だけだろ」と信じてくれなかった。滝に打たれたり山に籠もったりするのは漫画か映画の中だけの話だと思っている。そして最後には「嫌になったら、すぐ帰ってこいよ」と真剣な顔で告げてきた。

「それじゃお前、コンビニのバイトも辞めるのか」

西条に聞かれ、歩はそうだねと頷いた。

行くと決めたなら、年内で辞めると店長に話さなければならない。

「そういやあの女、どうした？　もうクビになったか？」

ふと思い出したように西条に聞かれ、歩は目を丸くした。西条が言うあの女が、涼音だというのは察しの悪い歩だって分かる。それに関しては歩も聞きたいことがあったのだ。

「先日辞めちゃったよ、あのさぁ西条君…。店にクレームなんて入れてないよね？」

「入れたに決まってんだろ。でも俺がしたのは一回だけだ。クビになったのなら、俺以外にもいたってことだな」

西条は当然だという顔で頷いている。

「もう西条君てば…」

困った人だと思いながら歩は笑って身を寄せた。

(ずっとこのままでいたいなぁ…)

西条の身体は温かくて、簡単には離れられない。

「お前がいない間、どうしようかな…」

眠そうに瞼を閉じた西条が小さな声でぽつりと囁く。歩は何故か急に胸が詰まって、無言で西条の手を握りしめた。

西条がぶっきらぼうな口調で、修行に行くのを許してくれた時、歩はすごく嬉しかった。嫌々でも西条が手を差し伸べてくれた。昔の西条ならきっと、切って捨てるだけだった。

この人は情の厚い人だから、歩のいない間寂しくさせてしまうだろう。想像するだけで心配だし、申し訳なかった。

「西条君、初めて会った時のこと、覚えてる？」

もう眠ってしまっただろうかと思いつつ、歩は小声で語りかけてみた。

「…覚えてるわけねぇだろ。後ろの席に線香くせぇ奴がいるって思っただけだ」

西条はまだ眠っていなかったのか、目を閉じたまま、ぼそぼそと答えてくれる。地味で印象の薄い自分のことを覚えているとは思っていなかったが、線香の匂いがするというのだけは記憶に残っていたらしい。家ではしょっちゅう香を焚いていたので、身体に匂いが染みついていたのだろう。

「俺はすごく覚えてるよ。西条君は会った時からかっこよかったよね。その人とこんなふうに暮らせるようになれるなんて、思わなかったなぁ…」

しみじみと歩が告げると、西条が片方の目を開けて、唇を歪める。

「うるせー。俺を捨てる気のくせして、今さら持ち上げるな」

西条がごろりと反転して、歩に背中を向ける。握った手が離されてしまって、歩はがっかりして西条の背中に顔をつけた。

「西条君。俺あの頃から、ずーっと西条君だけなの。だから待っててね。お願いだから」

歩の呼びかけに、西条はもう答えてくれなくなった。とうとう寝てしまったのだろうか。覗き込もうかと思ったが、背中越しに聞こえる心音をずっと聞いていたくて、歩はそのまくっついていた。

未来に何が待っているかはまだ分からない。

こんなふうに西条と笑い合ってくだらない話ができる日がまたくるかどうかも未確定だ。西条と離れたら不安はずっと続くだろうが、今はこのぬくもりを信じていたかった。

「西条君、大好きだよ…」

小さな声で囁くと、しばらくして西条がこちらに向き直り、顔を見る暇もなく抱き寄せられた。

「――愛してるよ」

密着した身体越しに、西条の囁くような声が降ってきた。

とたんに目が潤んで、西条にぎゅーっとしがみついた。めったに愛の言葉を囁かない西条が、歩に心情を明かしてくれた。これは憑依されたわけでもなく、歩が強いた言葉でもない。

西条からの切ない気持ち。

それが歩に伝わってきて、胸がいっぱいになる。

「……」

歩は黙って西条のぬくもりを感じていた。西条も無言で歩の髪に顔を埋めている。

西条が好きだ。

ずっとこの人の隣にいたい。

どこからかタクの鳴き声と、ドアをかりかりと爪で掻く音。タクが部屋に入れてもらいたがっている。

束の間の幸せといずれ訪れる別離の時間に思いを馳せ、歩はきつく西条を抱きしめた。

きみといつまでも

天野歩は通帳を凝視して考え込んでいた。何度見ても数字が変化することはなく、ゼロの桁が増えることもない。

「ううーん……」

残高五万四千円というのが歩の全財産だ。二十代の男性として心もとない金額といえるだろう。住んでいるマンションの家賃や光熱費は同居人であり、歩の最も大切な人である西条希一が入れているから問題ないが、これから離れて一人で生活する分には少ない金額だ。

「困ったなぁ……」

歩は通帳を胸に抱いたまま、ソファに倒れ込んだ。２ＬＤＫのマンションはリビングが広くて居心地がいい。飼い猫のタクは黒い艶やかな毛並みで、にゃあと鳴きながら歩の腹に乗ってきた。

天井を見上げながら悩んでいると、ドアが開く音がして「ただいま」と西条の声がする。歩はびっくりして跳ね起きた。タクが驚いて部屋の隅へ逃げ出す。西条が帰宅する時間になっていたとは思わなかった。気づいたら窓の外は真っ暗だ。

「おおお、お帰り、西条君」

急いで玄関に走ると、歩はうっと呻き声を上げて立ち止まった。玄関には疲れた様子で靴を脱ぐ西条がいる。整った顔とスタイルの良さは相変わらずで、紺のスーツ姿はぴしっと決まっているし、完璧なイケメンだと歩は思っている。

けれどその西条の肩に、陰気な顔をした男がのしかかっていた。これはいわゆる生霊で、恨めしそうに西条を睨(にら)んでいる。人ならざるものが視(み)える歩には、それが分かってしまった。

「西条君、ものすごーく肩が凝ってない？」

だるそうな顔でリビングに入ってきた西条に歩が言うと、意外そうに振り返る。

「よく分かったな」

肩をコキコキ鳴らして西条が頷(うなず)く。

「何か嫌なこともあったでしょ。ついてないこととか……。いろいろ上手(うま)く回らない感じ……」

歩は西条の肩を見ながら呟(つぶや)いた。

「まさにその通り……って、おい！」

西条が顔を引き攣(つ)らせて、歩から飛びのく。

「そのキモイ目つきやめろ！　あと俺の肩ばかり見るのもやめろ！　俺は何を言われても信じねーからな！」

付き合いが長くなって歩が何を言いだすか見当がついたのだろう。西条が身を震わせて怒鳴り始めた。

「信じなくてもいいけど、西条君の肩に生霊がべったり張りついてるよ。七三の髪形でメガネかけた神経質そうな男の人……」

　歩が霊視した生霊の外見を言うと、西条がたじろいでソファに倒れ込む。

「山田か……。あいつ、俺を妬んでるからな。……って、いやいや俺はそんなん信じないけど」

　西条はあくまで歩の霊視したものは受け入れないが、心当たりはあるらしい。山田というのか。西条いわく、同じ塾の講師らしい。

「とりあえず父さんに電話して祓ってもらう？　でも生霊の場合、祓ってもまた憑いてきちゃうんだよねー。生きてる人間って厄介だから。なるべくその人とは穏便に過ごしてね。あ、酒風呂に入れれば、いけるかも？」

　ちょうど父からもらった一升瓶があったので、風呂にそれを入れて簡易浄化してもらうことにした。西条は信じないという立場なので「俺はただ風呂に入るだけだ」とくどいほど言って浴室に消える。西条が風呂に入っている間に、歩は夕飯の支度をした。時間がなかったので、仕込みのいらない鍋にした。

「あーさっぱりした」

　風呂から出た西条はすっきりした顔をしていた。憑いていた生霊も消え去ったようだ。歩はテーブルに置いた鍋にネギや春菊を入れて西条のために熱燗を差し出した。

「あー仕事のあとの一杯が美味(うめ)え」

西条はお猪口(ちょこ)を傾けてご機嫌だ。歩から菜箸を奪い取って、鍋の中身を吟味している。年が明け、まだまだ寒さは続いている。こうして西条と鍋をつついている平和な時間がもうすぐ終わるのだと思うと、寂しさが募った。


歩と西条は、中学三年生の時に同じクラスになったことで知り合った。その頃西条は家系の因縁で重いものを背負っていた。西条家の男子は若くして亡くなるという恐ろしい運命だった。出会った頃は西条を救うことはできなかったが、大人になって再会し、拝み屋をやっている父のおかげでなんとかその運命を免れることができた。中学生の頃から好きだった西条と、歩は今恋人という関係になっている。口も身持ちも悪く、態度もでかい西条だが、歩に対する気持ちだけは本物で、大切にしてもらっている。

その西条に、歩はしばらく離れることを告げた。

霊能力がある歩は、今の状態では助けられる人も助けられないと自覚し、本格的な修行をすることを決意したのだ。そのためには京都(きょうと)の寺に籠もらなければならない。愛する西条と離れることになる。西条は不満ながらも歩の言い分を認めてくれた。

歩はこの決意が鈍らないうちにとすぐに勤めていたコンビニのバイトを辞めた。そして早速修行するつもりだったのだが……。

(節分過ぎてからって言われちゃったんだよねー)

火の通ったつみれを皿に取り分け、歩はため息をこぼした。歩を受け入れてくれる京都の寺の住職から、今は立て込んでいるので節分を過ぎてから来てくれと言われたのだ。しかも父から、年単位で世話になるのだから二十万くらいは包んで持って行くようにと釘を刺されてしまった。

「何だ、そのため息は」

歩のため息に気がつき、西条が眉を顰める。西条は肉ばかり皿によそっている。ちゃんと野菜も摂ってほしいものだ。

「うーん。お世話になるお寺に二十万くらい包んで渡せって父さんから言われたんだけど……」

歩は困り顔で西条に通帳を手渡した。西条が中を開いて、ぽかんと口を開ける。

「え、何でこれしかねぇの？　つうか、お前ちゃんとバイトしてただろ？　いやいや、いくらコンビニバイトって言っても、少なすぎるだろ。別の通帳あるんだよな？」

西条は歩の全財産の数字を見て、いぶかしむ。

「それしかないよう……」

やはりそんなに少ないのかと歩は顔を赤くした。

「嘘つけ。だってお前が出してるのって、食費とタク関係のもんだけだろ？　そんで、どーしてこんなに貯まらないわけ？」

西条は疑惑の眼差しを歩に向ける。西条の言う通り、歩が出しているお金は食費と猫の餌やトイレの砂、医療費くらいだ。タクは丈夫な猫なので、医療費はほとんどかかっていない。

「だって西条君にいいものを食べてほしくて、無農薬の野菜とかいいお肉とか買ってたから」

毎月食費だけで十五万くらい使っていたと言うと、西条が食べているものを噴き出した。それほど衝撃だったらしい。無農薬の野菜や、産地がしっかりしたものを買っていると、けっこういってしまうのだ。

「アホか！　お前に家計任せたら破産するわ！　二人暮らしで食費十五万って！」

西条に目を吊り上げて怒られてしまい、歩は面目なくてうなだれた。良かれと思ってしたことが裏目に出たようだ。

「俺、勢いあまってコンビニのバイト辞めちゃったでしょ？　一カ月であと十五万円貯めないといけないんだけど、何かいいバイトない？　道路工事のバイトの面接に行ったら、筋肉なさすぎて無理だって言われた」

歩は困り果てて西条に相談した。まさか修行に金がいるとは思わなくて、父からの電話の後、ずっと通帳を睨みつけていたのだ。

「そんくらい貸してやっても……」

西条が言いかけて、ハッとしたように首を振る。

「いやいや俺、お前が修行するのに反対してたんだ。金ないなら、修行やめろよ。そのほうが俺も嬉しい」

西条はここぞとばかりに歩をけしかける。やはり西条に相談しても無駄だったかと歩はまた大きなため息をこぼした。一カ月という短期でできるバイトが意外となくて、求人雑誌をずっと眺めていた。いっそ占い師の看板でも持って、夜の街に立ってみようか。そんな馬鹿な妄想も浮かんだ。

「まぁ……しょうがねーな。俺の勤めてる塾でバイト募集してたから、口利いてやろうか？短期募集じゃないけど、急募だからイケると思う」

歩が本気で困っていると分かったのか、西条がぼそりと呟いた。西条の口利きなら、仕事できるかもしれない。

「お願いします！」

歩が椅子から立ち上がって頭を下げると、西条が肩をすくめる。

「言っとくけど、問題ありな職場だぞ。バイトが一カ月もたないって」

過酷な職場なのだろうか。少し不安になったが、西条の顔を潰さないためにもがんばろうと歩は意気込んだ。

西条が紹介してくれたバイトは、塾の雑務がメインだった。コピーをとったり、掃除をしたり、塾生に電話連絡したりするものだ。時給は千円で、今まで歩が勤めていたコンビニよりずっと高い。そんなに激務ではないのに、どうして一カ月続けられる人が少ないのだろうと首をひねったが、二日目にして理由が分かった。

「君、とろいね。もっときびきび動けないの？」

事務室で頼まれた封筒詰め作業をしていると、スーツ姿で髪を七三に分けた細身の男が入ってきて、歩に尖(とが)った声をぶつけてきたのだ。

（この人、知ってるぅ！）

銀縁眼鏡を神経質そうに指で押し上げるしぐさを見て、西条を妬んでいた生霊だとすぐに分かった。ネームプレートを首からかけていて、山田と書かれている。

「朝からこれやってるわけ？　作業能率悪すぎ。子どもだってもっと早いよ」

机で作業している歩を見下ろし、ねちねちと嫌味を言ってくる。

「あ、はぁ……がんばります」

生まれた時からとろくさいと言われている歩は、嫌味は慣れっこだ。にこにこして答えると、山田は何か言いかけた口を閉ざし、じろりと睨みつけてきた。

「わざと仕事を遅くしても残業代は出ないからね」

山田は捨て台詞(ぜりふ)のように言って事務室を出て行く。山田が去ったとたん、事務室にいた老齢の男性がため息を吐(つ)いて話しかけてきた。事務室は机が三つ、棚が壁一面に置かれている殺風景な部屋だ。老齢の男性は久留間(くるま)という事務長で、歩に仕事を教えてくれる人だ。

「あの人嫌味を言うけど、気にしないでね。この塾の経営者の息子で、数学教えてるんだけど」

久留間は心配そうに歩を見て言った。どうやらこれまでバイトが長続きしなかったのは、山田が原因らしい。

「山田さん、バイトをこき使うから……」

久留間は困り果てた顔で呟く。

「大丈夫ですよ」

歩は笑顔で答え、もくもくと作業に没頭した。山田の言う通り、たかが封筒詰め作業で時間を食いすぎだ。とはいえ事務作業なのでコンビニのバイトより向いているかもしれない。

「廊下をモップ掛けしてきて」

封筒詰めが終わると、久留間にモップを手渡された。長い廊下をワックスでモップ掛けする。この学習塾では教室が大小合わせて二十室あり、大人数で教えるものや個別指導のものがある。

廊下側には窓がなく、教室のドアに丸窓があるだけなのでほとんど中は見えないのだが、掃除をしていると時々西条が教壇に立って指導している姿が見られる。

(西条君、かっこいいよぉ)

つい同じ場所をモップで擦ってしまうくらい、生徒に教えている西条は凜々しかった。仕事中の西条を見ることができるなんて、ここは天国かもしれない。西条は英語を教えているのだが、発音は完璧だし生徒たちからも熱い視線を注がれている。

(あれ)

ふと不穏な視線を感じ、歩はぞくりとしてモップを握りしめた。偶然廊下を通りかかった山田が、憎々しげに西条を睨んでいる。この調子ではまた生霊が西条に憑くかもしれない。歩はモップで山田の周囲を拭きながら「お疲れ様です」とわざとらしく声をかけた。

「あ……」

歩の存在に気づいていなかった山田が、ハッとして背中を向ける。かすかに舌打ちしながら去っていく山田を見送り、歩は首をひねった。山田は数学の講師だから、西条とは科目がかぶっていない。それに経営者の息子なら、有能な講師は大切なはずだが……。

気になりつつも掃除を終わらせ、歩は事務室に戻った。

「あのー、山田先生って西条君……西条先生がお嫌いなんですか?」

事務室に久留間だけだったこともあって、歩は思い切って聞いてみた。久留間はびっくりして周囲に目を走らせる。歩が先ほど見た光景を言うと、がっくりと肩を落として話し始めた。

「山田先生ね、生徒の人気がないの」

久留間はことさら声を低くして言った。身も蓋もない理由に歩は呆れるばかりだった。

「スタッフには嫌味ばっかり言うけど、生徒には愛想いいんだけどね。やっぱ透けて見えるんだろうね、子どもには。山田先生、若い女子好きだから、西条先生が若い女子から人気あって嫉妬してるんだよ」

山田が西条を妬む理由がよく分かった。顔の段階から負けている上に、生徒に媚びていない西条の態度がムカつくのだろう。仲裁できる理由なら何とかしようかと思ったが、こんな理由では無理だ。

(西条君も大変なんだなぁ。今までそういう愚痴、聞いたことないもんな……)

付き合いが長くなっても、知らない面はたくさんあるものだ。改めて西条をすごいなぁと思い、大変だったろうと想像した。

「西条先生、人気あるからね。あまり山田先生と仲悪いと、違う塾に引き抜かれるんじゃないかって他の職員さんが話してたよ。ほら、いずれ山田先生が経営者になったら、いろいろ面倒も起きるかもしれないし。正直山田先生が経営者になったら、職員さんも辞める人続出だろうなぁ」

久留間は未来に思いを馳せている。現在学習塾は戦国時代と呼ばれていて、いい先生はどんどん引き抜かれるのだそうだ。西条は教え方も上手く、さらにイケメンとあって、引く手あまただろうと久留間は言う。

「そうなんですねー……」

大好きな西条が職場で高評価なのは嬉しいが、今までちっとも知らなかっただけに胸がざわめいた。西条はどう考えていたのだろう? 帰ったらくわしく聞こうと、歩は残りの仕事に精を出した。

西条に叱られたこともあって、その日の夕食は節約メニューにした。肉のランクを落として西条の好きな生姜焼き(しょうが)と豚汁を作る。帰ってきた西条は、匂いでメニューが分かったらしく、ジャケットとネクタイを外すなり、テーブルについた。

「安定の美味(うま)さ。間違いない」

西条は白米をかっ込みながら、美味そうに食べている。肉のランクは美味(おい)しさに関係なかったようだ。

「ところでお前、俺の教室覗(のぞ)いてただろ」

食後のお茶を淹(い)れていると、西条に思い出したように言われた。

「ごめん、まずかった？　だって西条君の仕事してる姿、かっこよくって」

西条に気づかれないようにこっそり見ていたつもりだが、ばれていたようだ。生徒に西条との関係がばれたら大変なので、これからは気をつけなければ。

「うーん……職場にお前がいるのが変な感じなんだよなぁ。妙に照れくさいからやめろ」

西条はかっこいいと言われて満更でもないのか、怒っている雰囲気はなかった。

「そうだ、西条君。山田先生のこと聞いたよ。山田先生、西条君を恐ろしい目で見てたんだから。あれじゃ生霊が憑くはずだよね。山田先生、経営者の息子なんでしょ。職場でこんなトラブルがあったなんて知らなかったよ。何で言ってくれなかったの？」

山田のことを思い返し、歩は真面目な顔つきで切り出した。

「別に。特に問題ないから」

西条はお茶を飲みつつ、さらりと言い返してきた。

「問題あるじゃない！　この先とかさぁ、嫌がらせされる可能性だって」

「今のところ害はない」

歩は真剣に心配しているのだが、西条のほうはまったく問題視していない。歩に心配させまいと強がっているのかと思ったが、タクと遊んでいる姿を見ると本気で問題にしていないようだった。

「西条君って、どうしてそんな飄々（ひょうひょう）としていられるの？　俺が西条君だったらすごく悩んでるとこだよ」

西条が平然としていられる理由が分からず、歩は頭を抱えた。山田の悪意に気づいていないならまだしも、西条は妬まれていることは理解しているのだ。

「あのな、俺が何年この顔やってると思う」

西条の答えは歩には想像が及ばないものだった。西条は整った顔を指さし、歩に近づけたのだ。

「男の嫉妬なんて慣れっこなんだよ。害があれば手を打つが、そうじゃなければいちいち構ってられねーよ」

歩は唖然として西条を見つめた。生まれた時からイケメンだとこんな人生観になってしまうのだろうか。まったくモテたことのない歩には分からない境地だ。いや、それだけじゃない。西条は若くして死ぬ運命にあったから、細かいことはどうでもいいという感覚が身についてしまったのだ。

そういえば西条は以前キリエというストーカーにつきまとわれていた時も、ぜんぜん問題にしていなかった。神経が太いというか、無頓着すぎる。

「まぁ、どっちみち今の生徒が終わったら、辞めようかなと思ってるし」

お茶を飲み終え、西条がタクを抱き上げてソファに移動する。

「ええええ！　あの塾、辞めるの⁉︎　何で⁉︎」

歩はびっくりして西条の後を追った。西条はソファにどっかりと寝転がり、長い足を肘置きに載せる。

「あのさぁ、お前、修行ってどれくらいかかんの？」

タクを胸に乗せ、西条が立っている歩を見上げて言う。

「う……。父さんが言うには、三年……くらい」

言いづらくて小声になると、西条が顔を引き攣らせた。

「三年」

「三年か……長えな、まず無理。三年、浮気しない自信がないことに自信がある」

西条が遠い目で呟く。

「西条君、そんな自信持たないで！」

歩は涙目になって西条にすがりついた。西条は歩と会うまで行きずりの女性と関係を持つことに躊躇がなかった。貞操観念が緩いのだ。

「そもそもお前としてから、お前としかしてないことが異常なんだ。三年も放置されて大人しく待ってるのとか、絶対無理」

西条はやけにきっぱりと言い切る。堂々と浮気すると宣言されてふつうなら怒りたいところだが、西条を置いて出て行くのは歩のほうだ。泣いてすがるしか方法がない。

「でもまぁ、一年なら我慢できるかも」

泣きそうな顔の歩をちらりと見つめ、西条が言う。

「一年だけ、待ってやるから、その間に何とかして来い」

「い、一年……っ」

三年かかる修行を一年でやり遂げる。無理だと思ったが、そうしなければ西条が去っていく。歩は拳を握って決意した。

「分かったよ、西条君。俺、がんばって一年で何とかするから！　だから待っててくれる？帰ってきた時、エプロンしてる女の子がいたら嫌だよ⁉」

「だからそういう女には手を出さねぇって。俺の場合はベッドで裸になってビール飲んでる女だろ」

「どんな人だって嫌だよ！」

西条の細かい指摘に腹を立て、歩はソファに寝転がっている西条に跨った。タクが面倒そうに場所を空け、床に飛び移る。

「よし、そんじゃ一年だけな。実はお前がいない間、いい機会だからしばらく海外にでも行こうかと思って」

歩の背中に腕を回し、西条が思いがけないことを言いだす。

「ええっ⁉　海外ってどこ⁉」

日本から出たこともない歩にとっては、ひっくり返るような発言だ。目を白黒させていると、西条が「アメリカかイギリス」と答える。

「大学の時にイギリスに留学してたんだよな。お前がいない間、ここで待ってんの嫌だし。タクはお前の親父か俺の母親にでも預けて」

「そ、そうなんだ……」

西条が大人しくタクとこの家で待っていてくれるというのは歩の夢だったようだ。海外なんて遠すぎて不安しかない。綺麗な白人の金髪女性と西条がいる場面を想像してしまい、かなり落ち込んだ。それでも西条が一年待つと言ってくれたのだ。信じるしかない。

「つかさ、修行終えたらお前、どうなんの？　別人みたくなるんじゃねーだろうな？　こういうこともうしませんとか言い出したり」

西条の手が歩の胸元をシャツの上から撫で回す。平らな胸を強めに揉まれて、歩は赤くなって身をよじった。

「そんなことないと思うけど……。お坊さんって結婚できるし」

西条の指で乳首の辺りを引っかかれ、歩は息を詰まらせた。カリカリと爪で弄られ、下腹部に熱が灯る。

「そっか、禁欲主義は神父か。あーお前が仏教系でよかった」

西条は歩の答えに安心したように笑う。シャツのボタンを外され、歩はぶるりと身を震わせた。リビングはガスヒーターがついているから暖かいが、西条の手でシャツを剝ぎ取られると少し肌寒かった。

「ん……っ、西条君、お風呂できてるよ……。入らないの……？」

西条が背中を抱き寄せて歩の乳首を吸う。最近西条が早く帰ってきた時は、必ずといっていいほどセックスしている。西条は「やり溜めする」と言っているが、連日だと歩も少し困っていた。ただでさえ西条に開発された身体は感じやすいのに、ますますひどくなっている気がするのだ。今も乳首を弄られただけで身体が勝手に期待して熱くなっている。

「一回してから入る」

西条は歩の乳首を舌で弾きながら、背中に回した手で尻を揉む。大きな手でズボン越しに尻を摑まれ、歩は腰を擦りつけるような形で倒れ込んだ。

「んん……っ、西条君、また下着汚しちゃうから……」

西条の指が布越しに尻のすぼみを押してくる。そんな刺激にすら感じてしまって、歩は西条を見つめた。西条が甘く笑って歩の頰を撫でる。

「舌、出して」

言われるままに口を開けると、西条の舌が歩の舌に絡みついてくる。西条は自分の心配をしているようだが、歩も修行の間、西条の身体が恋しくならないか心配だ。西条に愛されすぎた身体は、ひどく敏感になってしまった。

「ん……っ、あ……っ、ひゃ、ぁ……っ」

キスをしながらぐねぐねと乳首を指先でこねられた。両方の乳首をいっぺんに弄られると、鼻にかかった声がどうしても漏れてしまう。歩の乳首は女性のそれのようにふっくらして、濡れて尖っている。

「お前、ここ本当に好きだよな」

西条は歩の唇を思う存分濡らした後、乳首に吸いついて言った。わざと音を立てて吸われると、背筋にぞくぞくとした電流が走る。

「い、言わないで……っ、ぁ……っ、ひ……っ」

舌先で乳首を舐められ、歩はとろんとした目つきで息を喘がせた。西条は乳首を指先で引っ張り、ぐりぐりとこね回す。そうされると気持ちよくて息が荒くなり、歩は腰をもじつかせた。とっくに歩の性器が形を変えていることは、重なっている西条には分かっているはずだ。

「もう、西条君……っ、ソファ汚したくないよ」

西条はここで一回するなどと言っているが、続きは風呂場でしたい。熱が灯った身体を厭うようにして、歩は西条の胸に手を突っぱねた。

「じゃ、一緒に入るか」

西条が笑いながら起き上がり、歩の額にキスをする。歩もホッとして浴室に移動した。脱衣所まで行くと、着ていた衣服を洗濯機に放り込む。タクもついてきて、脱衣所の洗面台に飛び乗ってきた。浴室に入ると、すりガラス越しに黒い影が見える。

「ねぇ、西条君、このマンション引き払ったりしないよね……？」

帰ってきた時、このマンションに西条がいないのではという不安が過ぎり、歩はシャワーを浴びながら尋ねた。

「分かんね」

西条はソープを手に取って、歩の背後から手を回し、身体中を洗っていく。歩はシャワーノズルをフックにかけると、西条にもたれかかった。

「そんなぁ……」

ちゃんとここにいてくれないと、最悪の場合西条を捜すところから始めることになる。西条は意地悪だ。触れてくる指先はこんなに優しいのに、口から出てくる言葉は歩を不安にさせてばかりだ。

「んぅ……っ、あ、はぁ……っ」

西条の大きな手で上半身を撫で回され、歩はびくびくと身を折った。西条の手が下腹部に伸びるが、性器には触れずにつけ根ばかりを上下する。歩の性器は触っていないのにとっくに勃起しているが、西条はまだ萎えたままだ。歩は自分もソープを手に取って、西条と向かい合って西条の身体を洗い始めた。

「お前、上手くなったたな」

性器を丁寧に洗っているうちに、そこがもたげてくる。西条が気持ちよくなってくれることが嬉しくて、濡れた手で扱く。

「いいな、これ。身体擦りつけて」

泡まみれになった歩を見て、西条が面白そうにねだる。

「こ、こう……？」

身長差があるのでやりづらかったが、西条に抱きついて、身体を擦りつけてみた。上下に動くと、尖った乳首が西条の肌に引っ掛かって、気持ちいい。

「あ……っ」

西条は歩を腕の中に閉じ込め、両方の指で尻のすぼみを広げる。ソープのせいでぬるついた指がするりと奥に入ってきて、歩は腰を震わせた。

「ここもさぁ、俺の形をしっかり覚えてるんだよなぁ」

西条が奥に指を差し込み、いたずらっぽい声で囁く。

「あ……っ、あ……っ、だって、西条君しか知らな……っ、ぁ……っ」

西条は慣れたしぐさで内部を探っている。連日のように愛されている身体は西条の指で柔らかく解けていく。長い指で奥のしこりの部分を弄られ、歩は西条にしがみついた。西条の身体も自分の身体も泡まみれで、しっかり抱きつけない。

「お前、小さいからやりづれぇ」

西条は歩の尻の奥をぐちゅぐちゅとさせながら、文句を言っている。

「そ……なこと……言っても……っ、んっ、あっ、はぁ……っ」

西条の指が奥を弄るたびに身体をくねらせ、歩は喘ぎ声を上げた。思い余って西条の首に腕を回すと、西条がじっと歩の目を見つめてきた。

「ん……」

西条の唇が重なり、歩は気持ちよくてとろんとした。歩の唇を舌で舐めながら、西条は入れた指で内部をかき回してくる。

「はぁ……っ、はぁ……っ」

奥をかき混ぜる指が的確に歩の息を荒らげていく。鼓動が速まり、身体がひくつく。歩の身体が熱くなっているのを察し、西条がシャワーの湯を互いの身体にかけてきた。

「入れるぞ。後ろ向け」

西条はシャワーを止めると、歩を壁のタイルに押しつけてきた。歩は息を喘がせ、腰を上げる。西条の硬くなった性器が尻のすぼみに押し当てられる。

「ん……っ、あ、あ……っ」

狭い尻の穴が大きなモノで広げられる感覚。歩は壁のタイルに腕をつき、ぶるっと腰を震わせた。徐々に奥に熱棒が埋め込まれてくる。苦しいのに、身体の芯から快楽があふれてきて、甲高い声が漏れてしまう。

「あ、あ……っ、おっき……ぃ」

西条の性器がひどく大きく感じられて、歩は涙目で背筋を震わせた。西条の息が荒々しくなり、ぐっと奥まで一気に性器が突っ込まれる。

「ひゃあ、あ……っ、あ……っ、ひ……っ」

逃げようとした腰を抱え込まれ、西条が落ち着く間もなく腰を揺さぶってきた。まだ馴染んでいなくて、ぽろぽろと涙がこぼれる。

「はぁ……っ、お前興奮すること言うなよ」

西条は歩の乳首を摘まみ上げて、首筋に吸いついてくる。

「ひゃ……っ、あ……っ、あ……っ、だって……っ」

ゆさゆさと揺さぶられながら歩は必死にタイルにすがりついていた。首筋をきつく吸い上げ、西条はようやく歩の性器を手で扱いてくれる。

「ま……っ、待って、イっちゃう、すぐイっちゃうから……っ、あああ……っ‼」

西条の手で軽く扱かれただけで、感度が高まっていた身体は呆気なく果ててしまった。壁のタイルに精液を吐き出し、西条の指を汚す。

「はぁ……っ、はぁ……っ、待ってってって言ったのに……っ」

あっという間に絶頂に達してしまって、歩はぐったりとタイルにもたれかかった。そのままずるずると下がっていくと、西条の手で引き戻される。

「中でもイけんだろ。俺はまだだからしっかり立ってろ」

西条に抱え込まれ、再び奥を律動された。射精したばかりの内部を西条の性器で突き上げられると、身体の奥が疼いていく。繋がる快楽を知ってしまった身体は、深い奥を擦られて、気持ちよくてたまらない。

「あ……っ、あ……っ、気持ちぃー……っ、や、あ……っ」

西条の性器の張った部分でぐりぐり奥を押されると、あられもない声が飛び出る。浴室内に響き渡る声で喘ぎ、歩は頰を朱に染めた。

「奥、とろとろになってきた……俺も気持ちいいよ」

西条が歩の耳朶に唇をつけて囁く。西条の吐息が耳朶に触れ、そんなささいなことでも腰がひくつく。西条の性器が奥を穿つ音が浴室内に響き渡る。

「西条君……っ、抱きつきたいよ……っ」

タイルの壁にすがりつくのが嫌になり、歩は引っくり返った声で訴えた。

「ちょっと待て」

西条が腰を動かすのを止めて、ずるりと性器を引き抜く。

「やぁああ……っ」

大きなモノが身体から抜け出て、歩は嬌声を上げた。一瞬、達してしまうのかと思ったほど、感じてしまった。はぁはぁと喘ぎながら西条のほうを向くと、片方の足を持ち上げられて再び性器が押しつけられる。

「え、この体勢……？」

不安定な格好で西条の性器が入ってきて、慌てて西条の首にしがみつく。

「しっかり摑まってろよ」

西条にそう言われたと思った瞬間、もう片方の足も持ち上げられた。

「えええええ……っ」

抱きつきたいとは言ったが、まさか抱っこされるとは思っていなくて、歩は焦って引っくり返った声を上げた。とたんに、重力の関係で、ずんと奥まで性器が入ってくる。

「あ、あ、ああ……っ」

歩は仰け反って嬌声をこぼした。西条の手がしっかりと歩を抱えているとはいえ、怖くてたまらない。

「うっく、すげぇ締まった……」

西条が熱い吐息をこぼして言う。西条に抱き上げられた状態で繋がっているので、無意識のうちに奥を締めつけていた。どうしていいか分からない。耳まで真っ赤になって、西条の腰に足を絡める。

「西条君……っ、お、重いでしょ……っ、下ろして……っ、て、あ、あ……っ」

床に足をつけたくて歩が声を震わせると、西条が方向を変えるために動き出した。すると動くたびに振動が全身を駆け抜けて、甘ったるい声があふれる。

「あ、ああ……っ、やぁ……っ、や、ああ……っ」

ずんずんと奥まで刺激が走り、歩は甲高い声を上げて仰け反った。気づいた時には白濁した液体を吐き出していた。深い快感と不安定な怖さが相まって、止められなかった。

「ひ……っ、はぁ……っ、はぁ……っ」

歩は痙攣（けいれん）しながら西条に必死にしがみついていた。西条も息を荒らげ、歩を抱え直す。歩は忙（せわ）しない呼吸を繰り返し、目尻から生理的な涙をこぼした。

ともすれば力が抜けてしまいそうで、歩は痙攣しながら西条に必死にしがみついていた。

「あー、すげぇ締まる……。このまま、風呂入ってみるか……」

西条は何を考えているのか、歩を抱えた状態で湯船に入ろうとする。

「嘘っ、待って、や、あ……っ、無理、無理ぃ……っ」

歩の制止を無視して、西条が湯船に足を入れる。引っくり返って頭を打つ、という最悪のパターンが脳裏を過ぎったが、西条は慎重に動いて湯船に腰を下ろした。

「マジでスリルあった……。お前、重いな」

湯船に沈むと、西条がおかしそうに笑う。歩は安堵（あんど）のあまり、ぐったりと抱きついて西条の肩に顔を埋（うず）めた。怒りたいところだが、繋がった状態で入っているので、甘い声しか出てこない。

「信じられないよ……、お湯、汚れちゃう……」

はぁはぁと息を吐き、歩は情けない声を出した。西条の性器がぎっちり入っているので湯は中に入ってこないが、こんな行為は初めてなので戸惑いしかない。

「後でシャワーすればいいだろ」

西条はそう言うと、歩の唇を吸い、大きな手で乳首を揺らした。歩も観念して西条の唇にキスをした。

「ん……っ、ん……っ」

西条は歩の髪や背中、乳首や脇腹を撫でながら、優しく腰を揺さぶる。お湯が浴槽内で音を立てる。

「うーん、思ったよりよくないな……」

温度のせいで感度が鈍ったのか、西条は腰を律動しながら不満そうだ。じゃあもうやめようと歩が言おうとすると、歩の尻を鷲掴みにする。

「でも、イけなくはないかも……。ちょっと激しくするぞ」

そう言うなり、西条が下から腰を激しく突き上げ始めた。それまでのゆったりした動きから突然だったので、歩は思わず腰を浮かした。

「ひゃ……っ、あ……っ、あ……っ」

湯面が派手な音をさせる。歩はぶるっと腰を震わせた。

「ん……、あー、もうちょっとでイけそう……」

歩の内部に腰を突き上げ、西条が荒く息を吐く。お湯のせいで熱くて、繋がった部分が火傷するようで、歩は次第に頭がぼうっとしてきた。

「中、出すぞ……っ」

西条が歩の尻を強く摑んで、奥へ突き上げる。西条の精液が内部に吐き出された感覚があり、歩は仰け反って悲鳴じみた声を上げた。熱い。熱くて思考が定まらない。下半身に力が入らなくてもう分からない。

「はぁ……っ、はぁ……っ、何とかイけた……って、おい」

茹でだこみたいになった顔を持ち上げられ、歩は声にならない声で口をぱくぱくとした。のぼせてしまったようだ。慌てた西条に湯船から引き揚げてもらい、歩はぐったりして「水……」と呟いた。

学習塾でのバイトは問題なく過ぎていった。山田の嫌味は毎日あるが、歩は慣れているので気にならなかった。それにもともと一カ月で辞めるのだから、どんな悪意ある言葉も無視できる。

仕事の傍ら生徒たちを見ていると、皆大変だなとしみじみ感じた。歩は義務教育である中学校もろくに出席できなかったので、その先にある受験という一大イベントを体験していない。塾に通うという発想もなかったし、毎日勉学に励む子どもたちには圧倒されっぱなしだ。

「今時の子ってほとんど塾に通ってるんですねぇ」

頼まれたコピーをとりながら、歩は事務長の久留間と話していた。久留間はパソコンを使って経理やシステムの仕事をしている。老人はパソコンを使えないという歩の思い込みは久留間によって打ち消された。

「昔と違って子どもの数が少ないからね。一人の子にお金をかける方針の親が多いんだよ。学校の勉強だけじゃ不十分と考えているんだろう」

軽快にキーを叩きながら久留間が答える。久留間と和やかに話しながら仕事していると、がらりと引き戸が開いて、山田が入ってきた。

「君、天野君。ちょっと手伝って」

冷たい視線で名前を呼ばれ、歩はコピーの途中だったが山田についていった。山田はちらちらと周囲を気にしながら空いている教室に入る。そして教卓の上に載っていた紙の束を歩に手渡した。マークシート式のテストの束のようだ。教卓の上にはまだ教科書や文具が置かれているが、これは山田のものだろうか？

「これ、いらないから全部シュレッダーにかけて」

山田が唇の端を吊り上げて言う。

「あ、はい……」

分かりましたと言いかけた瞬間、山田の背後からすうっと白い影が出てきた。悲しげな顔をした女性がしきりに首を横に振っている。駄目だと言っているようだ。その女性が生きている人ではないことはすぐに分かった。ぼんやりとした影のようなもので、山田にどこか面差しが似ている。

「……えーっと、やっておきますね」

この場を切り抜けるために、歩は引き攣った笑顔で頷いた。そそくさと山田の前から去り、事務室に戻る。

（これ絶対やっちゃ駄目なやつ）

手にしたテストの束を抱え、歩は困り果ててパソコンを睨んでいる久留間に駆け寄った。山田にこれをシュレッダーにかけろと言われたと話すと、久留間が紙の束を見て、サッと青ざめる。

「天野君。さっきコピーした書類、あるでしょ？　あれ、全部シュレッダーして」

久留間は歩から受け取った紙の束を大きな封筒に突っ込むと、口早に指示する。歩は急いでコピーし終えた書類をシュレッダーにかけた。

事務室に山田が入ってきたのは、シュレッダーがほぼ終わった頃だった。

「いつもご苦労様」

山田は見たことがない笑顔を浮かべ、歩と久留間に缶コーヒーを差し入れする。そして歩の手元に切り刻まれた紙ごみがあるのを見て、満足そうに微笑(ほほえ)んで去っていった。

山田がいなくなってしばらくすると、久留間が大きなため息をこぼす。

「ごめんね、天野君。もう一回コピーやり直して」

安堵した様子の久留間を見て、何か大変な事件を切り抜けたことを実感した。一体、何が起きていたのだろう？　聞くことさえ、怖い。

「失礼します」

久留間に事情を尋ねようとした時、偶然にも西条が事務室に入ってきた。歩を見て小さく笑うと、久留間に声をかける。

「二階の教室にテストの束、ありませんでした？　さっき戻ったらなくなってて」

西条の台詞に、歩はどっと冷や汗を掻(か)いた。まさか、さっき山田がシュレッダーしろと言った紙の束は――。

「彼のおかげで無事ですよ。あやうく山田先生にシュレッダーされるところでした」

久留間がため息をこぼして隠していた紙の束を西条に差し出す。西条はぽかんとした顔で歩と久留間を交互に見る。

「山田先生は、塾の事情を知らない天野君なら気づかずにシュレッダーにかけると思ったのでしょうね。他の職員さんならすぐにテスト用紙だと気づくから」

久留間が困ったように話す。

「うわあああ、西条君、西条君、危なかったよぉお」

一歩間違えれば西条を窮地に陥らせるところだったと分かり、歩は今さらながらパニックになった。山田の守護霊らしき女性が出てきたから難を逃れたが、ここまで悪質な真似をするとは思っていなかった。

「悪い、助かった。誰もいない教室に残していった俺の責任だ。緊急の呼び出しがかかって、荷物置いてきちまったんだ」

西条は歩の頭をぽんと叩き、苦笑する。こんなにひどいことをされても怒らない西条が不思議でならない。歩にはすぐ怒るくせに、どうして山田には寛容なのだろう。

「今回の件は見過ごせません。上にそれとなく報告しておきます」

久留間は厳しい顔つきでそう告げた。

「山田先生、俺が山田先生に頼まれたって言ったらどうする気だったんだろう？」

歩は窮地をしのいで脱力して椅子に腰を下ろした。

「そんなこと言ってないって突っぱねるだけだろ。あの人、バイトとか人間と思ってないし」

西条はテストの束を確認して呟く。

「そんなぁ……」

危うく自分にも被害が及ぶところだった。こんな過酷な職場で働く西条はタフだ。

「お礼に今日はおごってやるよ。一緒に帰ろう」

何事もなかったように笑う西条に違和感を抱きつつ、歩はやりかけの仕事に手をつけた。


数日後、イライラした様子の山田を見かけた。どうやら騒ぎになっていないのが気に入らないようだった。肝心のテストの束が無事だと知らないのだろう。

どうにも気になって、歩はひそかに山田に寄り添っていた女性の霊に話しかけてみた。女性の霊は山田の母親らしい。しきりに山田のことをかばい、彼がこうなったのは父親が長兄と比較するからだと語った。劣等感が自分より人気のある講師に対する嫉妬に繋がっている。とはいえ同じ立場でも立派に生きている人はいるわけだし、山田には同情できない。

何か自分にできることはないかと歩は悩んだ。山田に亡くなった母親が心配していることを告げてもいいが、絶対頭がおかしいと思われるだろう。相手は理系男子、霊がどうのこうのと言っても西条より信じてくれないに違いない。

そうこうするうちに、久留間から思いがけない話を聞かされた。

「山田先生、別の塾に移ることになると思う」

休憩時間にそっと聞かされた。久留間が例の件を経営者に直接報告したところ、そういう回答が返ってきたようだ。久留間は経営者とは旧知の仲らしい。

「そうなんですか……」

歩としては山田がわだかまりをなくし、ネガティブな感情を捨ててくれることが一番いいが、あそこまでこじれた感情を戻すのは容易ではないことも分かっている。別の塾に山田が移るなら、それが一番いい解決方法なのだろう。

歩のバイト期間も無事終了して、どうにか十五万円というお金を手に入れることもできた。お世話になった久留間に挨拶し、最後のバイト終了日は西条と一緒に塾から帰った。

「それにしても西条君。どうして山田先生にあんなことされても怒らないの？」

帰り道、すっかり暗くなった路地を歩きながら、歩は不思議に思って尋ねた。ふつうの人なら、こんなひどいことをするなんてと抗議しに行くところだ。

「別に。暇人だなと思っただけ」

西条はあっさりと言う。

「えー、何で？　俺にはしょっちゅう怒ってるじゃん。昨日も父さんとの電話が長いって怒ってたし」

納得いかなくて歩が首をひねると、西条に肩を抱き寄せられた。夜でひと気がないとはいえ、あまりくっつきすぎると誰かに見られないか心配だ。

「あのな、どうでもいい人間が何をしようがどうでもいいの。俺がお前を怒るのは、どうでもよくないからだろ」

耳元で囁かれて、歩の頬がぽっと赤くなった。

「そ、そうなんだー……」

嬉しくて表情が弛み、西条に抱きつく。他人の目を気にするのはやめよう。もうすぐ離れ離れになる身だ。今はこうして西条との時間を大切にしたい。

「西条君、大好き」

「好きなら修行やめろ」

「もうそれは何度も話し合ったでしょ」

西条と他愛もない会話をしながら、夜の道を大切に歩いた。明後日には歩は京都に旅立つ。西条は一年だけ待ってくれると約束した。約束が嫌いな西条がしてくれた特別な約束だ。必ず一年で帰ってこなければ。

でも、もしも、一年で修行を終えることができなかったら――。歩はぐっと唇を噛みしめ、うつむいた。途中で投げ出すことはできない。中途半端な状態から抜け出したくて選んだ道だ。西条を裏切ることになっても、やり遂げなければならないのだから。

煌々と光る満月を見上げながら、歩はいつまでもこうしていたいと西条と歩調を合わせた。

別れの挨拶は短めに

　天野歩の修行に出る日付けが決まり、十日後には西条と離れることになった。

　二月の後半にはもう歩はこのマンションにはいない。西条に出ていく日を告げると、「そうか」と呟き、その夜から濃厚な性行為が始まった。西条も別れるのがつらいのだろう。歩だってしばらく西条と離れるのがとてもつらい。だから夜、西条に求められて、歩も喜んで身体を開いた。

　だがそれが二日経ち、三日経ち、五日が経った頃……。歩は不安を感じた。

　毎晩、毎晩、恐ろしいまでの精力で西条に抱かれている。西条の底抜けの体力で、明け方近くまで身体を繋いでいる。自分はバイトを辞めたのでいいのだが、西条は仕事もあるのに、今宵で最後とばかりに歩を抱く。

　四日後には出て行くとなった日の夜、恒例のように風呂上がりの西条にベッドに連れ込まれ、とうとう歩は悲鳴を上げた。

「西条君！　いくら離れるとはいえ、毎晩はやりすぎじゃないの⁉」

　キスしようと屈み込んでくる西条に向かって大声を出し、歩は思い切り身体を引き離した。

　歩が素直に受け入れなかったせいか、西条が舌打ちして不機嫌そうに眉根を寄せる。

「嫌なのか？」

むすっとした顔で聞かれ、機嫌が悪くても整った顔立ちだと、歩は一瞬見惚れた。笑顔もいいが、眉根を寄せている顔も素敵だと常々思っている。けれど今は見惚れている場合ではない。

「ていうか、西条君だってつらいんでしょ！　栄養ドリンク飲んで仕事に行ってるの、知ってるんだからね！」

不満そうな西条に歩は顔を引き攣らせて言った。そうなのだ。さすがに毎晩何度もセックスをするせいか、西条は昼間の仕事に疲労感を覚えている。栄養ドリンクを飲んで出勤しているさまは、何かにとり憑かれているようだ。

「西条君、気持ちは分かるけど、さすがに今日はふつうに寝ようよ。大体、俺の身体に痕、つけすぎだよ？　お願いだからもう痕つけないで。俺、これから修行に出るんだよ？　俺以外にもお坊さんになるために一緒に修行する人がいるんだから、もし見られたらやばいでしょ？　仕事仲間がキスマークつけて現れたら、どう思う？」

歩は首筋をさすって文句を言った。西条の愛撫が濃すぎて、身体のあちこちに情交の痕がある。

「こいつ、何しに来たんだ。調子に乗ってんじゃねぇぞ、と思う」

西条が顎に手を当てて言う。

「そう思うなら、痕をつけないでよ！」

西条の辛辣な一言に目を剝き、歩は怒鳴った。

「痕がつきやすいお前の身体が悪い。エロすぎるのが悪い。痕つけるほど吸うとあんあん感じるのが悪い」

しれっと西条に言われ、歩は呆れて言葉も出なかった。西条と口喧嘩するのは難しい。何をどういってもこっちが悪いことになってしまう。

「俺だって毎晩はつらいんだ」

急に頭を抱え、西条がやるせない声を出す。

「はい？」

「授業中も眠気に襲われるし、生徒の名前呼び間違えるし、栄養ドリンクの飲み過ぎで体調が心配だ」

「だったらしないでよ！　誰も頼んでないよ！」

あんぐり口を開けて、歩は抗議した。言うに事欠いて、つらいとは何事か。それはこちらの台詞だ。

「しばらくヤれねぇんだから、しょうがねぇだろ。何も出なくなるまでヤりまくらないと、この先後悔する」

堂々とした態度で言われ、歩は意気消沈した。西条のことだから、そうだろうと思ってはいたが、やはりそうなのか。

西条は精力が強い。最初に抱かれた時から、飽きることなく歩を求めてくる。嬉しい半面、この先会えない月日を思うと不安が募る。会えない間、西条は我慢できるのだろうか？

「そんな閉店まぎわの行きつけの店に通うのとは訳が違うんだから……。一日くらい、休もうよ。あともう痕、つけないで。本当に」

気を取り直して歩は西条の肩に手を置いた。実際、西条の目の下のクマがひどくて、これ以上はドクターストップをかけたい。

「明日一日塾に行ったら、お休みでしょ？　今日は寝ようよ。ほら、横になって」

西条の身体をベッドに引きずり込み、歩は強引に横たえた。西条は不満げに起き上がろうとしたが、上から毛布を掛けると眠そうに目を擦（こす）りだした。

「いや、俺は今夜も……」

必死に眠気と抗（あらが）いながら、西条が言う。もはやセックスは愛の表現ではなく、耐久レースと化している。

「いいからいいから」

抗う西条の身体を優しく毛布越しに叩（たた）き、歩はあくびをした。つられて西条もあくびをして、重い瞼（まぶた）を閉じる。

ほんの数秒で西条の寝息が聞こえてきて、歩は大きくため息をこぼした。

西条と会えなくなる数日前は、涙、涙で身を切られるようにつらいのだろうと思っていた。現実は歩の想像と百八十度違った。西条は別れを惜しむより、ぎりぎりまで何回ヤれるかという即物的な方向に走っていた。

（まぁ、しんみりするより西条君っぽいけど……）

眉間にしわが寄っている西条に微笑みかけ、歩はベッドからそっと離れた。今日は自分の部屋で寝よう。西条が仕事に行っている間に体力を回復している歩も、毎晩求められて身体が疲れている。

（荷造りもしなきゃね）

西条の部屋を出て、自分の部屋に入り、バッグに荷物を詰め込む。これから修行に入る歩だが、西条との別れが脳内のほとんどを占めているので、なかなかやる気が上がらない。修行先の寺からは、集合場所と荷物の中身に関するＡ４用紙一枚の連絡事項が来ていた。どうやら持ち物は最低限のものしか持ってきてはいけないらしく、下着は何枚、靴下は何足と細かく指定がある。修行中は作務衣を着るそうで、それは向こうで用意されているらしい。

問題はスマホだ。スマホは向こうに行った時に、修行先の住職に預けるとある。修行が終わるまで、スマホは使えないと言われた。

（西条君とメールのやりとりすらできないのかぁ）

行く前から厳しい修行だと父に言われていたが、想像以上に大変なようだ。下界との交流は一切禁止と書かれているので、脱落すらも許されないかもしれない。

西条は一年は待ってくれると言ってくれた。本当に一年で終わるのかどうか、今考えても詮無いことだが、心は重くなる一方だった。

西条との夜の営みがなかったおかげで、翌朝はすっきりした目覚めで朝を迎えた。

朝ご飯の支度をしながら、飼い猫のタクと戯れる。タクともしばらく会えないので、忘れられないか心配だ。

(あれ、西条君、遅いな)

いつもならのっそり起きてくる時間になっても、西条がリビングに現れない。食卓にはすでに朝食の用意がしてあるが、どうしたのだろう。

「西条君？」

ノックの音と共に西条の部屋のドアを開けると、呻き声が聞こえてきた。びっくりしてベッドに駆け寄る。西条の部屋はカーテンも開いていなくて、薄暗い。

「西条君、どうしたの！」

西条は赤い顔をしてぐったりしていた。慌てて額に手を当てると、明らかに熱い。

「大変、ちょっと待ってて！」

歩は急いで救急箱をとりに走った。体温計を取りだして、苦しそうに唸っている西条の熱を測る。カーテンを開けて明るい光の中で西条を見ると、明らかに顔色が悪い。

「うー……。頭、がんがんする……」

西条は乱れた息遣いでピーピー鳴っている体温計を歩に渡す。三十八度を超えているのを見た瞬間、歩は血の気が引いた。風邪だろうか？　やはり連日の無理がたたって、身体が弱ったに違いない。のほほんと朝食を作っていた自分に呆れ返り、歩は水の入ったグラスを持ってきた。

「西条君、解熱剤飲んで」

西条の身体を起こして、薬と水を渡す。西条はぼーっとした表情で言われるままに薬を飲んだ。

「熱、高いよ。今日は仕事、休みなよ」

西条に三十八度五分という数字を叩きだした体温計を見せると、うーうー言いながら髪をむしる。

「昨日寒気がしてたからか……？　くっそ……、最悪」

力なくベッドに横たわる西条の額に、救急箱から取りだした冷却シートを貼る。

「食欲ある？　おかゆ作ろうか？」

歩が気遣って言ったとたん、くわっと西条の目が開く。

「おかゆ……だと……？」

恐ろしい鬼の形相で聞き返され、歩は尻込みした。

「う、うん。だってこんなに熱があったら食欲ないでしょ？」

「献立表が狂うだろ！」

西条に一喝され、歩はぽかんとした。

献立表というのは、歩が出ていく日までの西条が食べたいもの一覧を書いた紙のことだ。西条は最後に歩の飯が食べたいと言って、十日分の献立表を作ったのだ。唐揚げだのとんカツだの、ハンバーグだの、生姜焼きだの、ともかくありとあらゆる濃い味付けの料理を十日分、西条が指定してきた。身体に悪いと歩は言ったのだが、一人になった際には仙人のような食事にすると言い張ってそれを強要してきた。

そこにおかゆを入れるつもりなのかと西条は怒っている。

「西条君、そんなこと言ってる場合じゃないでしょ？　熱がこんなに高いんだよ？　今夜は確かに生姜焼きの予定だったけど、その身体じゃ受けつけるわけないよ」

気を取り直して歩は冷静に言い返した。

「嫌だ！　おかゆなんて絶対に拒否する！」

五歳児の子どもみたいに大声を上げて、西条がベッドに潜る。

「最終日までに思い残すことがないように、好きなものほど後半に指定したんだぞ！　それがおかゆ⁉　断固、拒否だ！」

西条はくぐもった声で怒鳴っている。

「……西条君、俺と別れるのが悲しいんだよね？　俺の料理が食べれないのが悲しいんじゃないよね？」

ふと疑惑を抱いて、歩は眇めた目つきで問うた。

「……スキル込みでお前だろ」

布団の隙間からちょっとだけ顔を出して西条が言う。怪しいものだと歩は思ったが、追及するとショックな事実を知るかもしれないので黙っておいた。

「ともかくおかゆ持ってくるね。薬飲んだし、少ししたら眠くなると思うから」

駄々をこねる西条を部屋に放置し、歩はキッチンに戻って手早くおかゆを作った。おかかと梅干しを一緒に持って行き、だるそうな西条に食べさせた。不満げだったが、一応全部平らげている。その後はすぐ眠ってしまったので、歩はリビングに戻って作った朝食を食べた。

（こんな時に西条君が病気になるなんて）

予定外の行動に頭が重い。今のところ歩の体調は悪くないが、もし風邪が移っていたら、修行に行けるかどうか分からなくなった。こうなる前に、栄養ドリンクを飲み始めた辺りで、夜の営みを止めておけばよかった。後悔しても始まらないが、流されてしまう自分の性格に嫌気が差す。

（夜までによくなるといいなぁ）

昼頃、そっと西条の部屋の様子を窺い、歩は祈るような気持ちでそう思った。

けれど、夜になっても西条の熱は下がらず、苦しそうな状態は変わらない。たまに咳もするし、身体も汗びっしょりだ。

当然のことながら、夜は食欲がなくなり、水しか口にしなかった。

(明日は病院に連れて行くぞ)

不安な気持ちで夜を過ごし、歩は明日に思いを馳せた。

翌日も西条の具合はよくならなかった。熱は多少下がったものの、依然としてだるそうで咳も出ている。タクシーを呼んで西条と一緒に病院に行き診察してもらうと、風邪ですねと言われて処方箋を出された。インフルエンザではなかったのでよかったが、歩が出て行くまでに治るのか心配だ。

「うう……俺の生姜焼きが……」

医師に出された薬を飲んで寝付いたと思った西条が、うわごとのように繰り返す。

「西条君の食への意欲はすごいなぁ」

お昼のおかゆを寝室に運びながら、歩は感心した。先ほどから西条は寝言で料理の名前ばかり連呼している。よほど食べられないのが悔しかったのか、歯ぎしりまでしている。

「連休で治るかなぁ……」

西条が休みの日には、一緒にどこかへ出かけようと言っていたのだが、それも中止だ。少し寂しいが、こうして西条の傍にいられるのだから、歩としては問題ない。

「俺の……俺の手羽先を……返して……くれ」

眉間にしわを寄せて唸っている西条を間近で眺め、歩は額の汗を拭ってあげた。少しだけ楽になったのか、西条の顔から険がとれる。一体どういう夢を見ているのだろう。

（西条君の具合が悪いの久しぶりだなぁ）

じーっと寝顔を眺め、つい微笑んでしまった。霊関係ではなく、ふつうに弱っている西条はめったに見られないので、貴重なのだ。

「西条君、お昼食べられる……？」

西条の身体を軽く揺さぶって、声をかける。西条の目が重そうに開き、ぼうっとした表情で歩を見上げる。

「ポークジンジャー……？」

半分寝ぼけ眼で聞かれ、「おかゆです」と正直に答える。

「生きる希望を失った……」

がくっと力を失い、西条が頑なに目を閉じる。そこまで言うことはないし、おかゆも美味しいと思うのだが。

「もうー。ここに置いておくから、ちゃんと食べてね。俺は買い物に行ってくるから。果物とか買ってくるよ。さっぱりしたもの」

ベッド脇にある小さいテーブルにおかゆを載せる。水と薬も用意した。

「はやくよくなってね」

西条の頭を撫で、歩はニコッと笑って部屋を出て行った。身体が思うように動かないのが嫌なのか、西条はそっぽを向いて拗ねている。そんな西条が可愛らしく思えて、歩は笑いが止まらなかった。

心配していた西条だが、その日の夜には熱は三十七度まで下がった。

熱が下がると気力も上がるらしく、西条はおかゆ以外の夕食を希望してきた。まだ熱があるので、濃い料理は受けつけないと思い、消化のいいうどんを出した。西条は少し不満そうだったが、ちゃんと全部食べた。

そして翌朝、すっきりした顔の西条が寝室から現れた。明日にはもう歩はこのマンションを出て行く。いざとなったら父親を呼んで西条の看病でもさせようと思っていたので、元気になって安心した。

「もう治った」

西条が胸を張って言う。確かに顔色もいいし、だるそうな様子はない。念のため熱を測ると、三十六度八分と出た。平熱にしては高めだが、これはもう回復したと見ていいだろう。

「よかったね、西条君。気合いで治した感じがするよ……」

歩がホッとして笑うと、西条はリビングのソファに座り、献立表を取りだした。

「予定が狂ったから、食べられなかった分のメニューを朝飯にしてくれ。俺は今すぐ生姜焼きが食べたい」

「朝ですけど⁉」

日曜日の朝なので、食パンを焼いてサンドイッチにしようと思っていた。西条の斜め上からのリクエストに呆然（ぼうぜん）とする。

「いいから出してくれ。今日の昼は唐揚げで、夜は青椒肉絲（チンジャオロースー）だ」

きりっとした表情で今日の予定を告げられ、歩は仕方なくキッチンに立った。朝も昼も夜もそんな濃い料理ばかり食べて胃もたれしないのだろうか？　メニューを聞いただけで歩はげっそりしたくらいなのに。

「もう時間がない。精力をつけて朝飯を食べたらヤりまくろう」

冷蔵庫から肉を取りだして調理を始めた歩の隣に西条が立ち、とんでもない発言をする。

「ええーっ⁉　昼間っから⁉　西条君、病み上がりでしょ！　その予定を消化しないと気が済まない性格どうにかならない？」

「一度決めたことはやり遂げないと」

歩の手元をガン見して、西条が言う。

「だからって食べた後、したら……お昼ご飯なんて作れないよ。夜も無理だよ。西条君の体力についてけないし」

「じゃあ、今、全部作ろう。俺も手伝うから」

「え？ ……えっ⁉」

聞き間違いかと思い、歩は西条を二度見した。食器を洗ったり掃除をしたりという作業はしてくれる西条だが、料理だけは一切手を出したことがなかった。歩と会う前は、外食オンリーの生活をしていたくらいなのだ。その西条が、料理を手伝うという。

「正気？ 何で今日になって言うの？ もっと早くに言ってくれたらいろいろ教えたのに」

歩が困惑して聞くと、西条が包丁を取りだして握る。

「西条君が包丁持ってると何だか怖い！」

握り方がすでに強盗犯みたいで、歩は青ざめた。

「うるせーな。ともかく俺は今日の飯にすべてをかけている。ともかく作るぞ。ご飯は三食分炊こう。どれくらいの量なんだ？ カップ十杯くらい？」

お米すら炊いたことのない西条は、言っていることもメチャクチャだ。けれど彼の本気だけは伝わってくる。歩も覚悟を決めて、三食分の料理を作るために冷蔵庫から食材を取り出した。

三食分の料理を一気に作り上げるのはなかなか大変で、結局二時間くらいかかってしまった。西条のアシスト能力はほぼ皆無で、何でも器用にこなす西条にもできないものはあるのだなぁと感慨深く思った。

朝食と呼ぶには遅い時間に生姜焼きを食べ、満足した西条に寝室に連れて行かれた。西条は本当に回復したようで、まだ日は高いというのに歩を責め立てた。

「はぁ……っ、は、ひ……っ、西条君、病み上がりじゃなかったの……？」

二回戦を終えて裸でぐったりと横たわった歩は、ペットボトルの水を飲んでいる西条を見上げて言った。昨日までは高熱を出して食欲もなかったくせに、生姜焼きが美味しかったのかご飯もお代わりするし、休む間もなく二度歩の中で果てた。

「安心しろ。ちょっと休んだら、続きをする」

額の汗を拭って、西条がペットボトルの水を飲み干す。歩がぼうっとしていると、空のペットボトル容器をサイドボードに置いて、覆い被さってきた。

「あっ、西条君、痕つけないでね……」

重なってきた西条に首筋を吸われ、歩は慌てて引き離した。

「分かったよ、見えないところにつけりゃいいんだろ？」

にやりと笑って西条が歩の太ももを広げる。内股の柔らかい部分に西条が吸いついてきて、歩はびくっと腰を震わせた。何度も射精したので、歩の腹や内股はびしょびしょだ。西条は見せつけるようにして太ももに舌を這わせ、弛んだ尻の穴に指を入れる。

「俺の精液でいっぱいだな。ほら、すごい音してる」

わざと音を立てて入れた指を動かし、西条が太ももにかじりつく。

「ひっ、あ……っ、あ、あ……っ」

内部を指で探られ、太ももに痕が残るくらいきつく吸われ、歩は甘い声をこぼした。西条の言葉通り、中で射精されたので、歩の身体には西条の匂いが濃くついている。今も指で奥を突かれ、ひっきりなしに甲高い声が出る。

「ここ気持ちいい？」

入れた指で奥をぐりぐりとかき混ぜられ、歩はびくびくと身体を仰け反らせた。気持ちよすぎて息が乱れる。全身が熱いし、声もかすれる。

「き、気持ちいい……、あっ、あっ」

素直に言うと、ご褒美みたいにぐちゃぐちゃに奥を乱される。荒い息遣いになり、歩は西条に手を伸ばした。西条のたくましい胸に抱き寄せられ、キスをされたい。

「すげぇキスしてほしいって顔してる」

西条が上半身を起こして、歩の顔に顔を近づけてくる。たまらずに歩が顔を寄せると、がぶりと唇を噛まれた。

「うう……」

歩は両腕を西条の首に回した。西条は小さく笑い、歩の唇に形のよい唇を重ねた。舐められ、吸われ、キスが心地よくなる。

「んっ、ぅ、う、ああ……っ、はぁ……っ」

深く唇を重ねられながら、尻の奥に入れた指を動かされる。西条の指がどろどろになっているのが分かり、恥ずかしくて歩は目元を赤く染めた。

「後ろから入れる」

長いキスを繰り返した後、西条が歩の身体を反転させる。重い身体をうつぶせにすると、西条が片方の手で性器を軽く扱いて、歩の尻の穴に押しつけてきた。

「うう、う……っ、ん、ん……っ」

先ほどまで何度も突かれた場所なので、西条が腰を進めると難なく受け入れる。ずぶずぶと硬くて熱いモノが内部に入ってきて、歩は必死になって呼吸を繰り返した。西条の性器は太くて、入ってくると内壁がきつく締めつけるのが分かる。苦しくて気持ちよくて、涙が滲む。何度も抱かれても、西条と繋がっている時は満たされた思いでいっぱいになる。

「はぁ、やっぱ気持ちいい……。ずっとお前の中にいたい……」

背後から抱きしめながら言われ、歩はどきりとして真っ赤になった。西条の息遣いがうなじや耳をくすぐる。西条が自分の身体で感じているのがひどく嬉しい。

「西条君……、お尻……熱い」

繋がった状態で身体を重ねられ、歩は胸をひくつかせた。西条の性器は身体の奥深くまで潜り込んでいる。大きな身体にのし掛かられ、無意識のうちに内壁が震える。

「ああ、中、痙攣してんじゃん……。動かなくても気持ちぃー……」

歩の身体を抱きしめつつ、西条が上擦った声を上げる。内壁がきゅーっと西条の性器を締めつけるのが分かり、無性に恥ずかしくなった。すでに二度犯されていて、奥はかなり敏感になっている。

「あ……っ、や、ぁ……っ、腰、浮いちゃう……」

はぁはぁと息を喘がせ、歩は濡れた声をこぼした。西条がわずかに動いただけで、内部が蕩けていく。西条を受け入れるのは気持ちよすぎて、この先一人でいられるのか心配だ。

「ん……、すげぇいい」

歩の耳朶や首にキスを落とし、西条が息を吐き出す。ふいにぐっと腰を突かれ、歩はびくっと激しく身を丸めた。

「ひあ……っ、や……っ」

ゆっくりと西条が腰を動かし始め、歩は甘ったるい声を出した。硬くなった熱で奥の感じるところをゴリゴリ突かれると、失禁しそうなほど感じる。

「ひ、い、ああ……っ、あぅ……っ」

西条は歩の感度を確かめるように、突いては少し動きを止め、ふいにまた深いストロークで奥を突く。じわじわと身体から力が失われ、西条の動きに翻弄される。歩の性器はとっくに濡れていて、何度も中を突かれて達している。前を触らなくても、奥を突かれただけで目もくらむような絶頂を味わえる。

「あー……っ、や、あ……っ、またイく……っ」

西条の腰の動きが激しくなってくると、歩は涙声で喘いだ。西条は歩の片方の脚を持ち上げ、角度を変えて穿ってくる。

「ひあぁ……っ、あっ、あっ、あっ、待って、もっとゆっく……りぃ……っ」

西条の動きを止めようと身悶えると、逆に容赦なく奥を突き上げられた。繋がっている箇所から精液が泡立ち、突かれるたびに肉を打ついやらしい音が響き渡る。

「あー、イきそ……」

ぶるっと西条が腰を震わせ、歩をきつく抱きしめる。ぐぐっと奥深くまでこじ開けられたとたん、歩は我慢できなくて絶頂に達した。

「ひあああ……っ!!」

深い快感に耐えきれず、歩は悲鳴じみた嬌声を上げた。性器から白濁した液体が噴き出したが、三度目なのであまり量は出なかった。びくびくと内部の西条の性器を締め上げ、つられるように西条が身体を強張らせる。

「ふ……っ、く、は……っ」

西条が歩の身体を押さえつけて、内部に精液を注ぎ込んでくる。それすらも気持ちよくて、歩は身体を大きく反らせた。

互いの息遣いが重なり合う。歩は頭がもうろうとしてきて、汗ばんだ身体をシーツに押しつけた。

西条は宣言通り、作った料理を三食分平らげ、一日中セックスした。最後には歩はひからびた芋虫のようになってしまい、こちらのほうが病気になりそうだった。明日ちゃんと旅立てるだろうか？　西条は残りの時間も後悔しないようにヤりまくると言っている。

こんなに性欲の強い西条を一人にして、本当に大丈夫だろうか？　一年は待つと言ってくれたが、もし一年を過ぎてしまったら……。不安で仕方ない。

「西条君……もしかして嫌がらせなの？」

疲れすぎて食事をする気力もなくて、歩はベッドに寝転んだまま尋ねた。連日セックス三昧なのは別れを惜しんでいるというより、嫌がらせに思えてきた。

「今頃気づいたのか？」

思う存分歩を犯してすっきりしたのか、西条の顔は晴れやかだ。

「俺を置いていくんだから、覚悟しろよな。一人になってケツが疼いても、浮気するんじゃねーぞ」

にやりとしながら釘を刺され、歩は渇いた笑いを漏らした。修行に行くのをずっと嫌がっていた西条らしい嫌がらせだ。

「明日は仕事休むから、ぎりぎりまでヤりまくろうぜ」

にこやかな笑みを浮かべて囁かれ、歩は生きた心地がしなかった。しんみりとした空気は西条とは無縁なのだろうか。というよりも、出かける直前まで犯された状態で、ちゃんと現地に辿り着けるのだろうか。

「涙の別れがしたいのに……」

歩が恨めしげに西条に言うと、不敵な笑みが戻ってきた。

「いいな、それ。お前が泣いて許しを請うまで、ヤりまくろう」

悪魔の笑みで囁かれ、歩は不安に震えるばかりだった。

あとがき

こんにちは&はじめまして。夜光花(やこうはな)です。

不浄の回廊シリーズの三冊目が出ました。出ると思っていなかったのでびっくりです。特典用のSSも全部入れてもらったので、けっこうな厚さになりました。書き下ろしを抜かせば、一番新しくても五年くらい前？　に書いたもので、一番古いのだと十三年くらい前？　なのでひたすら懐かしいです。久しぶりに読み返して、西条ひどいなっと思いました。もっと受けに優しくしてほしいところですが、そうすると西条じゃなくなるので……。

一応時系列に並べてもらいました。続きを出してもらえて嬉しいです。このシリーズはありがたいことにいつも編集さんのほうから出しませんかと言ってもらえるので、私の中では花丸作品です。きっと読者さんが折りにつけ、このシリーズの感想を下さるからだと思います。いつもありがとうございます。おかげで続きが出ましたよー。

西条が何の講師をしているかずっと謎で、一冊目と二冊目を読み返してもその辺の記述がなく、当時どういう設定にしたのか分からないまま、なんとなく英語か数学っぽいと思って『きみといつまでも』でとりあえず英語にしようと決めたのを思い出しました。もしうっかりどこかに違うこと書いていたらすみません。

イラストは引き続き小山田あみ先生に描いてもらいました。小山田先生、長年このシリーズにつき合っていただきありがとうございます。久しぶりに西条と歩の表紙ラフや口絵ラフを見てきゅんとしました。あいかわらず西条がかっこよくて歩は可愛いです。一冊目から三冊目まで並べると感慨深いものがありますね。イラスト引き受けてくれて嬉しいです。

担当さま、昔のシリーズものをまとめてくださってありがとうございます。私の記憶になかったSSを思い出してもらえて助かりました。引き続きまたよろしくお願いします。

読んでくれている皆さま。懐かしいシリーズの続きが出せたのは皆さまのおかげです。いつもありがとうございます！　感想などありましたら、ぜひお聞かせ下さい。

ではでは。不浄の回廊四冊目もよろしくお願いします。

夜光花

初出一覧

Sweet Home ———— ドラマCD「不浄の回廊」ブックレット（2010年）

わがままだけど愛してる ———— バースデーフェア小冊子（2009年）

愛情ダイエット ———— ホラー×BLフェア小冊子（2014年）

海に行こうよ ———— プレミアム♡ペーパーセレクション（2018年）

どこにいても、君と —— 書籍「キャラ文庫アンソロジー 翡翠」（2017年）

キミと見る永遠 ———— 小説Chara vol.25（2011年）

きみといつまでも ———— 小説Chara vol.37（2017年）

別れの挨拶は短めに ———— 書き下ろし

この本を読んでのご意見、ご感想を編集部までお寄せください。

《あて先》〒141-8202 東京都品川区上大崎3-1-1
徳間書店 キャラ編集部気付
「君と過ごす春夏秋冬 不浄の回廊番外編集」係

Chara

君と過ごす春夏秋冬 不浄の回廊番外編集

……【キャラ文庫】

2022年2月28日 初刷

著者 夜光花
発行者 松下俊也
発行所 株式会社徳間書店
〒141-8202 東京都品川区上大崎3-1-1
電話 049-293-5521（販売部）
03-5403-4348（編集部）
振替 00140-0-44392

印刷・製本 図書印刷株式会社
カバー・口絵 近代美術株式会社
デザイン 百足屋ユウコ+タドコロユイ（ムシカゴグラフィクス）

ISBN978-4-19-901058-3

キャラ文庫最新刊

魔王様の清らかなおつき合い

海野 幸
イラスト✦小椋ムク

繊細な見た目と、気の強い内面のギャップに悩む、ゲイバー店員の悠真(ゆうま)。ある日、魔王の異名を持つコワモテな常連客に告白されて!?

気難しい王子に捧げる寓話

小中大豆
イラスト✦笠井あゆみ

救国の王の証を持ちながらも、王宮で孤立していたエセル。唯一の味方は、かつて自身の小姓を務めていた貴族のオズワルドだけで!?

君と過ごす春夏秋冬 不浄の回廊番外編集

夜光 花
イラスト✦小山田あみ

西条(さいじょう)を守るため、修行を決意した歩(あゆむ)。けれどそのためには軍資金も必要で!? 修行に出るまでの甘い蜜月を集めた、待望の番外編集!!

3月新刊のお知らせ

すとう茉莉沙 イラスト✦サマミヤアカザ [本物しかいらない(仮)]
遠野春日 イラスト✦ミドリノエバ [百五十年ロマンス(仮)]
六青みつみ イラスト✦稲荷家房之介 [鳴けない小鳥と贖いの王2(仮)]

3/25(金)発売予定